Stacy Hinojosa aka Stacy Plays

WILD RESCUERS

WÄCHTER DES WALDES

Stacy Hinojosa aka Stacy Plays

WILD RESCUERS

WÄCHTER DES WALDES

Aus dem Englischen übersetzt
von Sandra Margineanu

Illustriert von Vivienne To

EDEL
KIDS BOOKS

Wild Rescuers
Wächter des Waldes

ISBN: 978-3-96129-123-6

Edel Kids Books
Ein Verlag der Edel Germany GmbH

www.edel.com
1. Auflage 2020

Published by arrangement with HarperCollins Children's Books,
a division of HarperCollins Publishers under the title:
Wild Rescuers: Guardians of the Taiga

Illustrationen: Vivienne To
Fotos mit freundlicher Genehmigung: S. 226–228 (Stacy Hinojosa);
S. 229, 233 f. (Saranda Oestreicher © Casey McFarland)
Translation © Edel 2019
Übersetzung: Sandra Margineanu
Lektorat: Elena Bruns
Projektkoordination: Dagmar Hoppe
Umschlaggestaltung: Vanessa Weuffel, Köln
Layout und Satz: Uhl + Massopust, Aalen
Herstellung: Frank Jansen
Druck und Bindung: GGP Media GmbH, Pößneck
Dieses Werk wurde vermittelt durch die Literarische Agentur
Thomas Schlück GmbH, Hannover.

Printed in Germany

Für meine Mutter

INHALT

KAPITEL 1 13

KAPITEL 2 26

KAPITEL 3 45

KAPITEL 4 61

KAPITEL 5 69

KAPITEL 6 84

KAPITEL 7 97

KAPITEL 8 105

KAPITEL 9 113

KAPITEL 10 120

KAPITEL 11 130

KAPITEL 12 139

KAPITEL 13 148

KAPITEL 14 155

KAPITEL 15 163

KAPITEL 16 172

KAPITEL 17 184

KAPITEL 18 193

KAPITEL 19 202

KAPITEL 20 214

AUSFLUG IN DIE TAIGA 225

LERNE DIE ECHTE PAGE KENNEN! . . 227

LERNE EINE ECHTE
WOLF-FORSCHERIN KENNEN! 229

DANKSAGUNG 237

Die Taiga
Die Kaninchen-
Rettung
Der Wald der
Ewigen Finsternis
Patrouillenfels
Unsere Höhle
Der Bauernhof
Das Dorf
Der Taigawald

Norden
Die Höhle der wilden Wölfe
Die Schlucht
Die verlassene Mine
Stacys Farm

Stacy
Everest
Wink
Tucker
Basil
Addison
Noah
Page

Dusky
Die Wolfskinder
Die Fledermäuse
Fluff und Crow
Kaninchen
Rehkitz
Elch

KAPITEL 1

Stacy lag auf dem Rücken und starrte dem riesigen weißen Wolf, der sich über sie beugte, direkt ins Gesicht. Sein Blick bohrte sich in ihre Augen. Plötzlich schnappten seine scharfen Zähne nach dem Ärmel ihrer Jeansjacke, nur knapp verfehlten sie ihren Arm, und nagelten sie am Boden fest.

Wie gerate ich nur immer wieder in so verflixt schwierige Situationen?, dachte sie.

Was die Sache noch komplizierter machte, war, dass ihr Kopf und ihre Schultern über eine Klippe hinausragten. Rechts neben ihr rauschte ein schmaler Bach über die Felswand und stürzte als Wasserfall zehn Meter tief in den weiß schäumenden Fluss.

Aber Stacys Gedanken drehten sich nicht um den Wolf oder die steile Klippe und das Wasser dort unten. Sie dachte nur an das Kaninchen.

Etwas außerhalb ihrer Reichweite, ein Stück die Felswand hinab, saß auf einem dicken Ast, der aus dem rauschenden Wasserfall ragte, ein zitterndes Kaninchenbaby. Eine winzig kleine Bewegung und das Tier würde von seinem gefährlichen Sitzplatz aus in die Tiefe und in den sicheren Tod stürzen.

Ich war schon in schlimmeren Situationen … glaube ich, dachte Stacy. Ich schaffe das.

Sie legte den Kopf in den Nacken, um das Kaninchen besser sehen zu können. Sein Fell war weiß mit schwarzen Flecken, und seine kleinen Ohren hingen ihm über die Augen – entweder, weil es die Gefahr, in der es schwebte, nicht sehen wollte, oder, weil die Gischt des Wasserfalls die Ohren an sein Gesicht presste. Stacy machte einen Versuch, es zu greifen, und schwang den rechten Arm nach unten. Aber das kleine Tier war immer noch zu weit von ihren Fingerspitzen entfernt.

Der wütende Wolf hatte den Biss in ihren Jackenärmel nicht gelockert.

„Schon gut, Everest", sagte Stacy ruhig.

Das große Tier antwortete mit einem tiefen Knurren.

„Wenn du nur ein kleines bisschen locker lässt, dann kann ich mich weiter runterbeugen und es holen… wahrscheinlich jedenfalls."

Wieder knurrte der Wolf warnend.

„Lass mich los, Everest", sagte Stacy, diesmal etwas bestimmter. Meistens hörte er nicht auf Befehle – obwohl Stacy wusste, dass er sie verstand –, aber sie musste es trotzdem versuchen. „Ich schaffe das", behauptete sie.

Der Wolf schüttelte den Kopf. Flehend sah er sie an. Stacy wusste, was er sagen würde, wenn er sprechen könnte: „Es ist meine Pflicht, auf dich aufzupassen."

Und meine Pflicht ist es, das Kaninchen zu retten, dachte Stacy. Und genau das werde ich auch tun.

Der Gedankenaustausch zwischen ihr und Everest dauerte nur ein paar Sekunden, aber die Zeit reichte Stacy, um einen Rettungsplan zu schmieden. Alles würde von ihrer absoluten Genauigkeit und dem richtigen Zeitpunkt abhängen.

Ihr Plan war fertig.

„Gut“, sagte sie, als der Wolf zurückwich.

„Du kannst die Jacke behalten, Everest“, fügte sie grinsend hinzu. „Ich will nicht, dass sie nass wird.“

Die silbergrauen Augen des Wolfs blitzten auf, als er begriff, was Stacy tun würde. Aber es war zu spät.

Mit einer einzigen fließenden Bewegung schlüpfte Stacy aus ihrer Jacke, rollte in den Bach und drehte sich in dem Moment um, als sie über die Felskante in den Wasserfall rutschte. Im Sturz streckte sie die Hände nach dem dicken Ast aus, auf dem das Kaninchen hockte, und bekam ihn zu fassen. Mit einer Hand umklammerte sie den Ast, mit der anderen griff sie nach dem kleinen Tier und drückte es schützend an ihre Brust. Ihre Füße fanden auf den nassen Steinen hinter dem Wasserfall glitschigen Halt. Wasser prasselte auf ihren Rücken und spritzte in alle Richtungen, während sie darum kämpfte, nicht abzurutschen. Verzweifelt sah sie sich nach einem Weg zurück auf die Klippe um. Aber schnell wurde ihr klar, dass es nur einen Weg gab – und zwar nach unten.

Stacy stopfte das Kaninchen in ihr abgetragenes blau-weiß gestreiftes T-Shirt, das ein schlampiger Camper im Wald, in dem Stacy lebte, hatte liegen lassen.

„Noah!“, schrie sie. „Bist du bereit?“

Sie wartete auf ein Bellen oder Heulen von unten, aber nur das ohrenbetäubende Rauschen des Wasserfalls war zu hören. Unter ihren Füßen wurde es immer rutschiger, und ihre Finger glitten immer wieder von dem schleimigen Ast ab.

„Ich hoffe, Kaninchen wissen, wie man die Luft anhält“, flüsterte sie dem kleinen Tier zu.

Stacy atmete tief ein, schloss die Augen und sprang.

Sie überkreuzte die Arme vor der Brust und drückte das Tier schützend an sich, als sie in den schäumenden Fluss eintauchten.

Unter Wasser öffnete Stacy die Augen. Doch der Fluss war so stark aufgewühlt, dass sie nicht erkennen konnte, wo oben und wo unten war. Sie ließ etwas Luft aus ihrem Mund entweichen und beobachtete, wie die Blasen nach links strömten. Ah, da entlang. Aber obwohl sie, so kräftig sie konnte, mit den Füßen paddelte, kam sie aus der kreiselnden Strömung nicht heraus, die der Wasserfall an der Stelle erzeugte, wo er sich in den Fluss ergoss. Wenn sie nur ein paar Meter neben den Wasserfall hätte springen können, statt mit ihm kerzengerade nach unten zu stürzen.

Entspanne dich, versuchte sie, sich selbst zu beruhigen. Noah ist unterwegs. Keine Panik. Wenn du panisch wirst, ertrinkst du.

Stacy presste ihre Lippen auf die Schnauze des kleinen Kaninchens und blies das letzte bisschen Luft, das sie noch hatte, in seine Lungen, damit es am Leben blieb. Dann folgte sie ihrem eigenen Rat: Sie entspannte sich, sank tiefer ins Wasser und gelangte in den Bereich unterhalb der Strömung. Kraftlos im dunklen blau-grünen Wasser treibend, begann sie im Kopf zu zählen.

Eins ... zwei ... drei ... vier ...

Noch nicht bei fünf angekommen, spürte sie, wie sich ein großer Kiefer um ihre Schulter schloss. Der Griff des Wolfs war fest – fest genug, um sie an die Wasseroberfläche zu ziehen und dann noch ein Stück flussabwärts, wo das Wasser ruhiger war.

Mit dem Kopf endlich wieder über der Oberfläche, atmete Stacy gierig die kühle Frühlingsluft ein. Der Sauerstoff brannte in ihrer Lunge. Dann sah sie nach dem Kaninchen. Es war benommen und zitterte, aber es lebte.

„Das war ganz schön knapp, Noah", sagte Stacy

neckend zu dem großen weißen Wolf, der neben ihr schwamm.

Sie setzte das tropfende Tierchen auf Noahs Kopf. Das Kaninchen blinzelte das Wasser aus seinen Augen und starrte dann mit panischem Blick auf die weiße Wolfsschnauze. „Nein, du hast das alles nicht überstanden, um dann als Abendessen eines Wolfs zu enden“, flüsterte Stacy dem zitternden Tier zu und hoffte, dass es sie verstand. „Du bist jetzt in Sicherheit.“

Sie schwammen zum Ufer und kletterten aus dem Wasser. Das Haarband aus geflochtener Ranke, mit dem Stacy normalerweise ihre langen braunen Locken zu einem Seitenzopf band, war im Wasserfall verloren gegangen. Ihre Haare waren wild verknotet. Mit den Fingern kämmte sie die Strähnen durch, dann wrang sie ihr T-Shirt aus und krempelte die nasse Jeans hoch.

Noah senkte den Kopf neben einen niedrigen Felsen, und das Kaninchen sprang herunter, offensichtlich erleichtert, aber immer noch etwas wacklig auf den Beinen. Stacy nahm es auf den Arm.

„Alles ist wieder gut, Kleines“, sagte sie beruhigend und knuddelte das Tierchen. Um sicherzugehen, dass es unverletzt war, untersuchte sie es von allen Seiten. „Jetzt kannst du deinen Freunden eine tolle Geschichte erzählen." Das Kaninchen starrte sie nur an. „Sprich mir nach: Ich springe nie wieder einen Wasserfall hinunter."

Noah schüttelte sich am ganzen Körper. Wassertropfen flogen in alle Richtungen. Im Sonnenlicht funkelten sie wie winzige Diamanten. Stacy lachte und strich mit den Fingern durch sein feuchtes Fell. Dann zauste sie ihn zwischen den Ohren und blickte in seine strahlend blauen Augen.

„Du tauchst immer besser", lobte sie. „Wir waren ganz schön tief unten. Du bist gerade noch rechtzeitig gekommen."

Noah reckte stolz die Brust.

Ein kurzes Bellen – das Stacy sehr gut kannte – ertönte zwischen den Bäumen hinter ihnen.

„Das ist Everest", erklärte Stacy dem kleinen Fellknäuel auf ihrem Arm. „Der ist ziemlich sauer auf mich."

Der weiße Wolf mit den silbrigen und grauen Flecken im Fell war so eindrucksvoll wie der Berg, nach dem er benannt war. Gerade erreichte er den Fuß des Hangs – aber nicht allein. Mindestens ein Dutzend Kaninchen hoppelte um ihn herum. Sie flitzten so wild durcheinander, dass Stacy gar nicht erst versuchte, sie einzeln zu zählen. Everest trug Stacys Jacke im Maul. Er gab sich Mühe, streng zu gucken, aber das war inmitten des Haufens der niedlichen Tiere, die um seine Beine wuselten, einfach unmöglich.

Stacy brach in Lachen aus. Sie kraulte das gerettete Kaninchen ein letztes Mal hinter dem Ohr und setzte es dann auf dem Waldboden ab. „Los, ab mit dir", sagte sie.

Das kleine Tier hoppelte zu den anderen und drückte seine Nase an die eines großen weißen Kaninchens – vermutlich seine Mutter oder sein Vater –, dann flitzten alle in das Birkenwäldchen, um möglichst viel Abstand zwischen sich und die Wölfe zu bringen.

„Gern geschehen!", rief Stacy ihnen nach. „Haltet euch von der Klippe fern!"

Sie wandte sich zu Noah und Everest um, aber beachtete Everests Blick nicht. „Das wäre also erledigt", sagte sie, nahm dem Wolf die Jacke aus dem Maul und legte sie um ihre Schultern. Erst jetzt bemerkte sie, wie kalt das Wasser gewesen war. Dann raffte sie ihre feuchten Haare zu einem lockeren Pferdeschwanz zusammen, eine Haarsträhne ließ sie übrig und wickelte diese um den Zopf, damit er sich nicht wieder löste. Nach all den Jahren, die Stacy nun schon in der freien Natur lebte, hatte ihre Haut einen olivfarbenen Ton angenommen, sodass sie keinen Sonnenbrand mehr bekam. Die Sonne hatte ihr allerdings ein paar Sommersprossen auf Wangen und Nase gezeichnet, direkt unter ihre grünen Augen.

„Ach, das Kaninchen war so niedlich", schwärmte sie, während die Wölfe einen Schluck aus dem Fluss tranken. „Ehrlich gesagt hätte ich es gern als Haustier mit in die Höhle genommen."

Everest hob den Kopf und warf ihr einen missbilligenden Blick zu.

„Ich weiß, ich weiß", sagte Stacy lächelnd. „Und du hättest gern Kanincheneintopf zum Abendessen gehabt. Aber du weißt ja, wir essen niemanden, den wir gerettet haben – niemals."

Der große Wolf schüttelte den Kopf. Stacy wusste, dass er immer noch ein bisschen verärgert war. Nicht wegen des Kanincheneintopfs, sondern wegen Stacys waghalsigem Sprung von der Klippe. Sie blickte in seine eisgrauen Augen. „Ich weiß, du findest, ich bin ein zu großes Risiko eingegangen", sagte sie und kniete sich neben Everest. Sie nahm mehrere Feldflaschen aus dem Lederbeutel, den sie bei sich trug, und begann, diese mit Wasser zu füllen. Das war der eigentliche Grund gewesen, warum sie zum Fluss gegangen waren. „Du weißt, dass ich das Kaninchen nicht allein lassen konnte, nachdem wir es entdeckt hatten. Ich wusste, dass Noah mir helfen würde. Sonst wäre ich nicht gesprungen."

Stacy konnte spüren, dass sie Everests Meinung nach für manche Tierrettungen zu weit ging, aber sie tat nur das, was sie tun musste.

Wie soll ich dir erklären, dass das der Grund ist, warum ich hier bin? Ich muss diese Tiere retten, so wie du und die anderen Wölfe mich gerettet haben.

Das war ein Punkt, bei dem sie und der Wolf sich niemals einig werden würden. Aber sie sorgten füreinander und wollten, dass es dem anderen gut ging – das war, was wirklich zählte.

„Kommt, gehen wir nach Hause", rief Stacy. „Wir haben einen ziemlich langen Weg vor uns."

Angeführt von Everest bogen sie in einen Birkenwald ein. Die Wölfe hatten das Mädchen in die Mitte genommen, und Noah bildete die Nachhut. Er schüttelte sich immer noch Wasser aus den Ohren.

Stacy atmete tief durch die Nase ein, die frische Frühlingsluft füllte ihre Lunge. Der Wald erwacht wieder zum Leben, dachte sie. Er macht sich bereit für das Neue und… „Ha-Ha-tschiii!“ … leider erwacht damit auch meine Allergie.

Trotz ihres Heuschnupfens liebte sie diese Jahreszeit im Wald. Und obwohl ihre Muskeln vom Aufstieg auf den Berghang schmerzten, genoss sie den langen Heimweg mit den beiden Wölfen und den schnellen Wechsel zwischen Gehen und Joggen.

Das frische Grün der ersten Birkenblätter wurde gerade von den dunkelgrünen Nadeln der Kiefern des Taigawalds abgelöst, als Stacy plötzlich stehen blieb. Etwas lauerte in den dunklen Schatten zwischen den dichten Bäumen.

Zwei glühend gelbe Augen starrten sie an.

KAPITEL 2

Stacy erkannte die gelben Augen. „Baaasssiiilll!“, rief sie den Namen, der einer ihrer liebsten war. Dabei zog sie jeden Buchstaben in die Länge. Und es war tatsächlich Basil, eine Wölfin aus Stacys Rudel.

Sie war das Beta-Weibchen, also so etwas wie der zweite Anführer. Wer das Leittier des Rudels war, wusste Stacy manchmal selbst nicht so genau – ob es Everest war oder sie selbst. Bei manchen Dingen führte der Wolf das Rudel an, doch in anderen Bereichen übernahm Stacy diese Rolle. Es war eine ungewöhnliche Aufteilung – zumal Stacy ein Mensch war –, aber sie waren eben auch ein ungewöhnliches Rudel, und trotzdem funktionierte es.

Basil, schlank und athletisch, kam zwischen den Bäumen hervor und gesellte sich zu Stacy. Sie war nach den violetten Blüten des wilden Basilikums benannt, an denen sie gern knabberte. Ihr Fell war schneeweiß, und sie hatte wunderschöne gelbe Augen.

„Hallo, wie geht es dir?“, begrüßte Stacy die Wölfin und strich mit der Hand über ihren schlanken Rücken. Basil duckte sich tief, damit Stacy aufsteigen konnte.

„Ich sehe euch zwei in der Höhle“, rief Stacy über ihre Schulter Everest und Noah zu, als sie ihr Bein über Basils Rücken schwang.

Die Wölfin lief los, durch die Taiga in Richtung ihres Zuhauses. Stacy drückte den Oberkörper flach an Basils Rücken und Hals und schlang die Arme um deren breite Schultern, sodass Basil wusste, dass sie schneller laufen konnte.

Sie war die beste Läuferin des Rudels. So schnell, dass die Bäume nur noch als unscharfes Grün an ihnen vorbeirauschten, durchbrochen von weißer Birkenrinde und hellen Lärchenstämmen. Stacy schloss die Augen und schmiegte den Kopf an Basils weichen Hals. Sie war von der schwierigen Rettungsaktion erschöpft, aber der vertraute Rhythmus der Wolfspfoten entspannte sie.

Wie sie in die Taiga gekommen war und warum sie bei sechs Polarwölfen lebte, wusste Stacy nicht. Sie hatte eine unscharfe Erinnerung an Brandgeruch. Als sie mitten im Wald erwacht war, umgeben von einem Rudel Wölfe, hatte sie schreckliche Kopfschmerzen gehabt. Doch jedes Mal, wenn sie versuchte, sich daran zu erinnern, wie sie so tief in die Taiga geraten war, war es, als ob sie versuchte, mit der Hand Rauchschleier einzufangen – nichts.

Dieser Tag damals war sehr aufwühlend für sie gewesen, aber sie hatte keine schlechten Erinnerungen daran. Sie hatte die Wärme und Besorgnis der Wölfe gespürt. Everest hatte über sie alle gewacht, während Tucker, ein Wolf mit sehr dichtem Fell, eine Wunde an Stacys Knie abgeleckt hatte. Basil und Addison, das andere Weibchen im Rudel, lagen rechts und links neben ihr und wärmten sie. Als ihr Tränen über die Wangen liefen, hatte Noah sie mit seiner Nase weggewischt. Er hatte ihr auch etwas zugeschoben, einen Fisch, den er gefangen und für sie irgendwie von Haut und Gräten befreit hatte. Stacy aß ihn, während Wink, der Jüngste im Rudel, sie mit einem verwirrten und neugierigen Ausdruck im Gesicht beobachtete. Er war damals noch ein Welpe gewesen.

Als die sechs Wölfe sie fanden, hatte Stacy für ein Mädchen in ihrem Alter schon einen großen Wortschatz gehabt. Was für ein Unfall es auch gewesen sein mochte, er hatte alle Erinnerungen an ihre Familie, Freunde oder die Schule ausgelöscht, nicht aber ihre Klugheit. Sie liebte Lesen und Schreiben, interessierte sich für die Natur und die Tiere und wusste schon ziemlich viel über die Wildnis um sie herum. Vermutlich war sie ungefähr acht Jahre alt gewesen, als es passierte. Vier Winter waren seit dem denkwürdigen Oktobermorgen vergangen, Stacy schloss daraus, dass sie jetzt zwölf Jahre sein musste.

Als sie auf Basils Rücken durch den Wald sauste, kreisten ihre Gedanken automatisch um die eine Frage – die eine Frage, mit der sie sich oft beschäftigte und die sie schmerzte, so als würde sie in einer frischen Wunde bohren: Was war mit ihren Menschen geschehen? Sie musste doch einen Vater und eine Mutter haben. Aber wo waren sie jetzt? Im Wald hatte sie schon erlebt, dass Tiere ihre Jungen im Stich ließen. Meistens geschah das, wenn die Mutter glaubte, dass die Jungen nicht überleben würden. Aber Stacy war nicht krank gewesen. Als die Wölfe sie fanden, war sie zwar verletzt, aber ansonsten gesund und gut ernährt. Und man hatte sie geliebt, das wusste sie.

Wo sind sie, die sich so gut um mich gekümmert haben?, fragte Stacy sich. Haben sie mich verloren? Haben sie mich gesucht? … Haben sie aufgegeben? Schon oft hatte sie überlegt, nach ihren Eltern zu suchen. Sie wusste auch, wo sie mit der Suche anfangen würde – in dem kleinen Dorf, das am westlichen Rand der Taiga lag. Stacy vermutete, dass sie ihre Eltern finden könnte, wenn sie die Dorfbewohner ausfragen würde. Aber da sie sich nicht an sie erinnerte, war sie sich nicht sicher, ob sie das überhaupt wollte.

Trotz der gelegentlichen Grübeleien über ihre Eltern liebte Stacy ihr Leben bei den Wölfen in der Taiga. Oft schon hatte sie Menschen im Wald gesehen, aber durch das, was sie beobachtet hatte, erschien ihr deren Welt nicht besonders verlockend. Da waren die herzlosen Jäger mit ihren Gewehren und Pfeil und Bogen, die die Tiere, die sie liebte, töten wollten. Dann waren da Jugendliche, die Steine nach Eichhörnchen und Vögeln warfen. Und dann noch die Camper, die keinen Respekt vor der Natur hatten und ihren Müll im Wald liegen ließen. Manchmal war der Abfall ganz nützlich, wenn sie darin Kleidung oder Bücher fand, aber meistens musste Stacy hinter den Campern aufräumen, wenn sie den Wald verlassen hatten. Und einmal – in einem schrecklichen Frühling – waren Bauarbeiter mit großen Landmaschinen gekommen, und viele Tiere hatten ihr Zuhause verloren, als ein Stück Wald gerodet wurde, um dort ein Stromkraftwerk zu errichten. Es war hässlicher als alles, was Stacy je zuvor gesehen hatte. Der Maschendrahtzaun, die Kabel und Metalltürme bildeten einen Schandfleck in dem wunderschönen Wald, der ihr Zuhause war.

Stacy klammerte sich an Basils Fell. Sie war froh, dass das Stromkraftwerk so weit weg von ihrer Höhle lag, und vergrub ihr Gesicht noch tiefer im Fell am Hals der Wölfin.

Nach etwa zehn Minuten schnellen Laufs öffnete Stacy die Augen. Basil lief nun so langsam, dass die einzelnen Bäume und sogar die Flechten an den Stämmen wieder zu erkennen waren. Die vertraute Umgebung, in der sie und das Rudel lebten, erkannte Stacy sofort. Riesige Fichten und große Farne beherrschten die Landschaft und dehnten sich bis auf einen Hügelkamm vor ihnen aus. Kleine braune Pilze und rote mit weißen Punkten wuchsen zwischen den Kiefernnadeln, die den Waldboden bedeckten. Ein gigantischer mit Moos bedeckter Felsbrocken markierte den Übergang zu einer kleinen Lichtung, die unterhalb des Hügelkamms lag. Dort befand sich der Eingang zu der Höhle, in der Stacy und die Wölfe wohnten.

Sie stieg gerade von Basils Rücken, da kam Tucker aus der Höhle gehechelt und stieß sie spielerisch zu Boden. Stacy ließ sich auf die weiche Erde mit der dicken Schicht aus braunen Fichtennadeln und grünem Moos fallen und streckte die Hände aus, um Tuckers flaumweiches Fell zu kraulen.

„Ich habe dich auch vermisst", lachte sie.

Addison war direkt hinter Tucker. Sie war eine würdevolle Wölfin mit einem leicht bräunlichen Schimmer in ihrem hellen Fell und begrüßte Stacy mit einem Nasenstupser, bevor sie eine Zeitung neben ihr fallen ließ.

Stacy lachte wieder. „Ich tue mal so, als ob du dich nicht ins Dorf geschlichen und jemandem die Zeitung von der Veranda gemopst hättest, Addi", grinste sie.

Addison sah sie mit großen Augen an, hielt die Unschuldsmiene aber nicht lange durch. Ein verschmitztes Funkeln blitzte in ihren Augen auf, bevor sie davonsprang. Sie war die Klügste im Rudel und schien sich am meisten um Stacys Bildung zu sorgen. Ständig brachte sie ihr Bücher oder Zeitungen mit, die sie sich wer weiß woher „ausgeliehen" hatte. Einmal hatte Addison hinter der örtlichen Bibliothek gelauert und beobachtet, wie Ladungen von Büchern aus den Regalen geräumt wurden, um Platz für neue zu machen. Nachts waren sie und Stacy dann ins Dorf zurückgekehrt und hatten so viele Bücher, wie sie nur tragen konnten, aus dem Papiermüll gefischt und mitgenommen. Stacy hatte nun eine eigene gut ausgestattete Bibliothek mit Bilderbüchern, Erzählungen wie *Wilbur und Charlotte* und – ihr Lieblingsbuch – *Die Insel der blauen Delfine*. Es gab Geschichtsbücher und wissenschaftliche Zeitschriften, die ihr die Welt erklärten, und sogar ein Camping-Kochbuch. Stacy und die Wölfin hatten es sich gemeinsam angesehen, und sie hatte einige Rezepte ausprobiert.

Für einen Wolf war Addison wahnsinnig schlau und hatte sogar ein Verständnis für Mathematik. Nie würde Stacy den Sommer vergessen, als sie mit Addison auf einer Lichtung in der Nähe der Höhle mit einem Stöckchen Rechenaufgaben in den Staub geschrieben hatte. Die Wölfin hatte sie dabei ganz genau beobachtet. Stacy war sich sicher, dass von allen Kindern, die zu Hause Schulunterricht bekamen, sie das einzige auf der Welt war, das von einem Rudel Wölfe unterrichtet wurde.

Sie hob die Zeitung auf und nahm sie mit in die Höhle. Dort breitete sie sie auf dem großen Holztisch aus, der in der Mitte stand. Den Tisch hatte sie eigenhändig aus einer Fichte gebaut, die letzten Sommer bei einem Sturm umgestürzt und in zwei Teile geborsten war. Mit einem rauen Stein hatte sie die Oberfläche abgeschmirgelt, bis sie weich und glatt war. Ein leicht angeschwärztes Brot, das sie gestern gebacken hatte, lag darauf. Sie schnitt zwei Scheiben mit einem Messer ab, das ein Camper verloren hatte, und beschmierte eine Hälfte mit Erdnussbutter – eine weitere „Leihgabe", die Addison besorgt hatte.

Ich muss mal mit ihr darüber sprechen, dachte Stacy. Wenn zu viele Dinge verschwinden, werden die Dorfbewohner sich auf die Suche nach dem Dieb machen. Und wenn sie die Taiga durchkämmen, finden sie mich vielleicht. Dann muss ich den Wald verlassen und werde die Wölfe nie wiedersehen.

Schnell schüttelte sie den Gedanken ab und ging zu dem kleinen Wasserfall in einer der hinteren Ecken der Höhle. Dort streckte sie die Hand durch das schmale Rinnsal und tastete den Felsabsatz dahinter ab, bis ihre Finger gegen ein kleines Glas mit Brombeermarmelade stießen. Sie hatte sie selbst aus den Beeren gekocht, die wild im Wald wuchsen. Die Kühle des Wassers und des Steins wirkten wie ein Kühlschrank.

Stacy bestrich die andere Brotscheibe mit Marmelade und klappte die zwei Scheiben dann zusammen. Mit ihrem Marmelade-Erdnussbutter-Sandwich ging sie zur Feuerstelle hinüber. Dort stand ein großer Schaukelstuhl – ein weiteres von Stacys Werken, das sie an langen Winternachmittagen gefertigt hatte. Sie hatte scharfkantige Steine als Sägen benutzt, um die Bretter für den Sitz, die Rückenlehne und die Armlehnen zu bauen. Und dann natürlich das Schmirgelpapier, ein weiteres von Addisons Mitbringseln (sie musste wirklich dringend mit Addison über ihre Diebstähle sprechen). Mit biegsamen Ranken hatte sie alles zusammengebunden und dann mit Kiefernharz verklebt. Gebogene Äste bildeten die Kufen.

Mit der Zeitung in der einen und dem Sandwich in der anderen Hand setzte Stacy sich in den Stuhl. Basil fing an, mit einem Feuerstein den Steinofen in Gang zu bringen. Feuer machen war eine sehr ungewöhnliche Fähigkeit für einen Wolf, das musste Stacy zugeben, aber Basil war kein gewöhnlicher Wolf. Keiner von ihnen war das.

Stacy faltete die Zeitung auf und las die erste Seite. Ihr Blick fiel sofort auf eine große Schlagzeile.

DORFRAT MACHT AUF WOLFSPROBLEM AUF-MERKSAM – JAGDPRÄMIE WAHRSCHEINLICH

Die Wolfspopulation in der Taiga am Rande des Dorfs wächst. Drei Bauern aus der Gegend haben in den letzten Wochen Vieh verloren und fordern eine Wolfsprämie, um die wachsende Raubtier-Population auszudünnen.

„Die Wölfe sind eine Plage“, sagt Orrin Webster aus dem Dorf. „In den letzten Monaten habe ich zwei Schafe und eine Kuh an sie verloren.“

„Die Wölfe im Wald haben keine natürlichen Feinde“, fügt Amos Sheridan hinzu, der die Kadaver zwei seiner Schafe vor drei Tagen am Waldrand entdeckte. „Sie haben den natürlichen Bestand ihrer Beutetiere aufgefressen und greifen nun unsere Herden an. Das muss aufhören.“

Beide Männer erinnerten an ein Vorgehen, das die Dorfbewohner vor mehr als zwanzig Jahren schon einmal beschlossen hatten: eine Wolfsprämie. Jäger bekamen für jeden Wolfspelz eine Prämie von fünfzig Dollar ausgezahlt. Nach einem Jahr war die Wolfspopulation merklich geschrumpft, und die Prämienzahlung wurde wieder aufgehoben. Diese Vorgehensweise fand damals Zuspruch bei Bauern und Dorfrat.

„Hm, das ist eine interessante Idee", meint Elna Meyers, Mitglied des Dorfrats. „Die hiesigen Bauern haben uns gebeten, über die Wiederaufnahme der Wolfsprämie zu entscheiden. In den nächsten Wochen werden wir uns eingehend mit dieser Frage beschäftigen. Alle Faktoren müssen berücksichtigt werden. Wir werden über das Für und Wider mit Vertretern beider Seiten sprechen, um eine Lösung zu finden."

Der Dorfrat diskutiert alle Punkte bei einem ersten Treffen am Montag in der Stadthalle.

Eine schwere Last legte sich plötzlich auf Stacys Brustkorb. Sie biss von ihrem Brot ab und las noch einmal die Überschrift. Ihre Wölfe waren nicht das Problem, das wusste sie, sondern ein kleines Rudel aus dem Flachland: Ein Paar und mehrere Junge waren vor einigen Sommern in ihren Teil der Taiga gezogen. Seitdem hatten sie sich stetig vermehrt. Nach der Ankunft des neuen Rudels waren Everest und Basil sehr in Sorge gewesen, aber die beiden Rudel hatten einen wackligen Frieden geschlossen. Sosehr Stacy sich auch wünschte, dass die wilden Wölfe in ein neues Revier weiterzogen, wollte sie doch nicht, dass ihre Wölfe die anderen absichtlich verjagten.

Sie müssen das Vieh der Bauern gerissen haben. Aber warum? Sie hatten den Wald ja schließlich für sich allein. Stacy und ihr Rudel waren Retter – sie jagten kein Wild, sondern ernährten sich hauptsächlich von Noahs täglichem Fischfang und Stacys kleinem Garten. Die Beutetiere im Wald überließen sie dem wilden Rudel. Auch wenn Stacy es hasste – sie verstand, dass Wölfe Raubtiere waren und Fleisch fressen mussten. Das andere Rudel musste sein Jagdgebiet also bis zu den Weiden der Bauern ausgedehnt haben. Und jetzt waren die wilden Wölfe auf den Geschmack von Schafen gekommen. Es war nur noch eine Frage der Zeit, wann sie noch mehr Tiere reißen würden.

Stacy runzelte die Stirn und pulte Brombeerkerne aus ihren Zähnen. Wenn der Dorfrat der Wolfsprämie zustimmte, würden Jäger keinen Unterschied zwischen Stacys Rudel und den wilden Wölfen machen – sie wären alle in Gefahr. Sie wollte die anderen nicht beunruhigen, aber wenn Everest zurückkam, würde sie ihm berichten, was sie erfahren hatte. Vielleicht konnte er das wilde Rudel überzeugen, sich ein Revier weiter nördlich zu suchen. Dann würde sich das ganze Problem in Luft auflösen.

Damit die Wölfe nichts herausfanden, bevor sie mit Everest gesprochen hatte, riss Stacy den Zeitungsartikel aus und stopfte ihn in ihre Hosentasche. Sie war sich nicht sicher, ob Addison es geschafft hatte, sich selbst das Lesen beizubringen, aber Stacy traute es ihr zu.

Gerade als sie den Rest ihres Sandwiches essen wollte, bemerkte Stacy, dass etwas, vielmehr jemand, fehlte.

„Hey, hat irgendjemand …“

Bevor sie ihre Frage beenden konnte, tauchte dieser Jemand auf. Zuerst sah Stacy seinen wedelnden Schwanz.

Wink! Der junge Wolf kam rückwärts in die Höhle gelaufen. Normalerweise hatte er weißes Fell, das in alle Richtungen abstand, nun war es schmutzig grau. Stacy nahm sich vor, ihn das nächste Mal mit zum Fluss zu nehmen und ihn zu baden. Sein Hinterteil ragte hoch in die Luft, den Kopf hielt er gesenkt. Er schien etwas zu schleppen, das seine volle Aufmerksamkeit erforderte.

Rückwärts suchte Wink sich seinen Weg durch die Höhle, bis Stacy endlich sehen konnte, was er im Maul hinter sich herwuchtete. Seine Kiefer umklammerten den Griff eines Eimers, der bis zum Rand mit einer weißen Flüssigkeit gefüllt war.

„Milch!“, rief Stacy und sprang aus dem Schaukelstuhl auf.

Als er näher kam, schwappte die Milch über den Rand des Eimers und tropfte auf den Boden.

„Oh, Wink! Hast du das einem Bauern geklaut? Wie hast du es geschafft, den Eimer den ganzen Weg …“

Als der Wolf sich zu ihr umdrehen wollte, schwappte noch mehr Milch über den Eimerrand.

„Nein, stell ihn einfach ab …“

Doch es war zu spät. Der Eimer kippte zur Seite. Milch spritzte durch die Höhle. Wink rutschte aus. Alle vier Beine glitten in unterschiedliche Richtungen, und er landete flach auf dem Bauch, mit der Schnauze in einer Milchpfütze.

Wölfe werden nicht rot vor Scham, aber Stacy sah trotzdem, wie peinlich ihm das war. Tucker und Basil kamen herüber und leckten die Flüssigkeit auf, bevor sie in den Spalten im Steinboden der Höhle versickern konnte.

Seufzend umfasste Stacy Winks Schnauze. „Schon gut, Wink", tröstete sie ihn und half ihm hoch. „Vielen Dank für die Milch. Aber du darfst nie wieder zu dem Bauernhof gehen, hast du verstanden?"

Addison war hinter ihm in die Höhle getreten. Stacy

musste ein ernstes Wörtchen mit den beiden Langfingern reden.

„Hör mal, ich weiß, wie schwierig es gewesen sein muss, den Eimer durch den Wald hierherzubringen“, sagte sie und hob den Eimer auf. Ein paar Tropfen waren übrig geblieben. Sie setzte den Eimer an ihre Lippen und ließ die Milchtropfen in ihren Mund laufen. „So leckere Milch …“ Stacy verstummte, kurzzeitig hatte sie vergessen, warum sie Wink davon abbringen wollte, ihr ständig Leckereien zu bringen. Dann erinnerte sie sich an die Wolfsprämie. „Und Addison“, sagte Stacy ernst, „ich weiß, dass du sehr leise und vorsichtig warst, um die Zeitung zu stibitzen.“

Bei Stacys Lob reckten Addison und Wink sich stolz.

„Aber was, wenn jemand dich gesehen hat, Wink? Oder dich, Addison, mit einer Zeitung? Ich sage es nur ungern, aber soviel ich gelesen habe, ist das beides kein normales Verhalten für einen Wolf. Außerdem kann ich viel besser auf diesen Luxus verzichten als auf euch beide. Das Letzte, was wir brauchen, ist jemand aus dem Dorf, der einen Wunderwolf einfangen will. Oder noch schlimmer, jemanden, der euch mit dem Gewehr in den Wald folgt.“

Beide Wölfe sahen zerknirscht aus – zumindest einen Augenblick –, aber ein plötzliches Geräusch vor der Höhle erschreckte sie alle drei.

Hoffentlich ist das kein Bauer, der nach seinem Milcheimer sucht.

KAPITEL 3

Stacy und die Wölfe atmeten erleichtert auf, als Everest und Noah in die Höhle schlenderten. Kein Bauer hatte das Geräusch verursacht, sondern die beiden größten Wölfe des Rudels, die von der morgendlichen Rettungsaktion zurückkamen.

Stacy warf Everest einen Blick zu, der bedeutete, wir müssen uns später unterhalten. Allein. Der große Wolf nickte. Das war das Besondere an Stacys Wölfen. Sie hatte es an dem schicksalhaften ersten Tag im Wald sofort bemerkt. Diese Wölfe verstanden sie, auch wenn sie selbst nicht sprechen konnten. Über die Jahre hatten sie gelernt, sich auf andere Weise mit Stacy zu verständigen, durch Gesichtsmimik oder durch Körperhaltung. Sie konnte sie deshalb sehr gut verstehen.

Weiß Everest vielleicht schon von dem Problem mit den anderen Wölfen? Er hatte einen sechsten Sinn für die Taiga und die Tiere, die dort lebten. Es war, als ob er den Wald lesen konnte, dessen Geist. Vielleicht spürte Everest, dass etwas nicht stimmte. Oder er wollte wegen der riskanten Rettung heute Morgen mit ihr schimpfen. Wie auch immer, beides musste warten.

Stacy verschlang den letzten Bissen ihres Brotes, stand auf und fegte die Krümel von ihrer Jeans. Sie musste lächeln, als Wink sich darauf stürzte und mit wedelndem Schwanz jedes Krümelchen verspeiste.

Am Sonnenlicht auf den Kiefern vor dem Höhleneingang konnte Stacy erkennen, dass es bereits Nachmittag war. Es blieben ihnen noch ein paar Stunden Tageslicht, und es gab noch Arbeit zu tun, bevor es dunkel wurde.

„Zeit für die Hausarbeiten“, verkündete sie und griff nach ihrer Steinaxt, die neben dem Ofen lag. „Addi, kannst du bitte den Hebel drücken?“

Addison trottete zum Wolf-Wähler, einer Art Maschine, die sie und Stacy gebaut hatten. Zuerst war es nur ein Schulprojekt gewesen, aber dann hatte sich die Maschine als sehr nützlich erwiesen, um zu entscheiden, welcher Wolf Stacy bei den täglichen Hausarbeiten helfen musste.

Die Wölfin packte mit den Zähnen den hölzernen Hebel und zog. Der Hebel stieß einen Tannenzapfen aus einem Holzbecher, der in ein altes Vogelnest fiel, das oben auf einem Rad aus gebogenen, miteinander verwobenen Zweigen saß. Durch das Gewicht des Tannenzapfens fing das Rad an, sich zu drehen, der Zapfen fiel in eine Rinne aus Birkenrinde und von dort in eine von sechs Röhren. Gleichzeitig betätigte Stacy einen anderen Hebel, sodass sich die Röhren hin und her bewegten. So wusste sie nie, in welcher Röhre der Tannenzapfen am Ende landen würde. Auf jeden Fall wurde so der Gewinner bestimmt - oder der Verlierer, abhängig davon, welche Arbeiten Stacy für den Tag geplant hatte.

Der Zapfen landete vor einem von sechs Gegenständen. Jeder Gegenstand war einem der Wölfe aus Stacys Rudel zugeordnet. Noahs war ein glatt geschliffenes blaues Glasstück, das er bei einem Ausflug ans Meer, das östlich von ihnen lag, entdeckt hatte. Tuckers war eine glänzende kupferfarbene Geldmünze und Everests

ein Stück Quartzgestein. Addisons Gegenstand war ein Bleistift, der so oft gespitzt worden war, bis man nicht mehr mit ihm schreiben konnte. Und Basils eine gelbe Löwenzahnblüte, die Stacy im Wald gepflückt und getrocknet hatte. Zu Wink gehörte ein kleines rotes Taschenmesser, das er in der Nähe eines Zeltplatzes ausgegraben hatte. Die Schneide war rostig und stumpf. Genau vor diesem Messer war der Zapfen auf den Boden geplumpst.

Stacy ging zum Höhleneingang. Tucker hielt sie kurz auf. Er hatte einen Schal im Maul.

„Danke, Tuck", sagte sie. „Du hast recht, am späten Nachmittag wird es immer noch kühl." Sie wickelte sich den Schal um den Hals und sah in die Höhle zurück. „Wo habe ich meinen Beutel liegen gelassen?"

Bevor sie ihn entdeckte, holte Basil Stacys Beuteltasche vom Regal hinten in der Höhle. Sie rannte damit zu Stacy, Addison folgte ihr.

Stacy nahm mit einer Hand den Beutel von Basil entgegen und streckte die andere Addison hin, die das rote Taschenmesser hineinfallen ließ.

„Danke, Basil. Danke, Addison", sagte sie. „Wink, du bist dran."

Wink rührte sich nicht. Normalerweise freuten sich alle Wölfe, wenn sie Stacy bei ihren Aufgaben helfen durften – außer Wink. Er interessierte sich nur für alles, was mit einem Abenteuer verbunden war. Aber heute stand Gartenarbeit und Holz hacken an, und das wusste er.

„Wiiink!"

Umständlich stand der junge Wolf auf, aber Everest ging an ihm vorbei und stellte sich aufrecht neben Stacy.

„Glück gehabt, Wink", sagte Stacy. „Heute wirst du verschont. Komm, Everest."

Wink drehte sich erfreut mehrmals im Kreis und ließ sich dann wieder auf den Boden plumpsen, während Everest Stacy aus der Höhle folgte. Stacy wusste, warum der eindrucksvolle Wolf sich freiwillig angeboten hatte, so konnte sie in Ruhe mit ihm sprechen.

Zusammen traten sie in den Wald, und Stacy atmete die nach Fichten und Kiefern duftende Luft tief ein. Sie liebte das. In Büchern und Zeitschriften hatte sie Bilder von Städten auf der ganzen Welt gesehen, ebenso Fotos von tropischen Inseln und Stränden und von Gebirgen. Aber sie konnte sich keine schönere Landschaft vorstellen als den Wald ihrer Taiga.

Stacy und Everest liefen von ihrer Höhle aus in Richtung Süden. Vor Tausenden von Jahren hatte ein Fluss ihre Höhle geformt. Sie war in eine steile Felswand gegraben worden, welche die Kiefern und Fichten überragte. Der Felsrücken war ein guter Aussichtspunkt, von dem aus man Ausschau nach allen Gefahren halten konnte, die Stacy und ihrem Rudel drohten. Sie nannten den Bergrücken daher auch den Patrouillenfelsen. Stacy kletterte gern hinauf, um von dort einen Blick auf die Welt um sie herum zu werfen.

Von oben sah sie, dass der Wald sich nach Süden ausdehnte, so weit das Auge reichte. Im Osten lag eine tiefe Schlucht, welche die Taiga von einem großen Eichenwald trennte. Entlang der Schlucht fanden sich verlassene Eingänge zu einer alten, stillgelegten Eisenmine. Diesen Ort mied Stacy normalerweise, weil es dort leicht zu Höhleneinstürzen kommen konnte. Noch weiter östlich, hinter dem Eichenwald, lag der Strand. Weiter als bis dorthin hatten sie sich noch nie von ihrer Höhle entfernt. Erst ein einziges Mal waren Stacy und die Wölfe dort gewesen – im Sommer, nachdem Stacy zum ersten Mal *Die Insel der blauen Delfine* gelesen hatte. Sie hatte die Wölfe angefleht, ihr das Meer zu zeigen.

Im Westen, rechts und links vom Fluss, wuchsen hoch aufragende Birken. Noch weiter westlich und etwas Richtung Norden ragten einige Hügel empor, die sich schließlich zu Bergen erhoben. Geradeaus im Norden war der Sumpf, dieser Teil des Waldes war in ständigen Nebel gehüllt. In der Mitte befand sich ein schlammiger See. An den seltenen Tagen, an denen Noah dort und nicht im Fluss fischte, kam er matschverkrustet und nach Algen stinkend nach Hause. Ganz im Norden ragten schließlich hohe schroffe Berge auf, deren Gipfel das ganze Jahr über mit Schnee bedeckt waren. Am Fuße der Berge lag ein Wald, der so dicht war, dass kein Tageslicht hineinfiel, sodass dort nicht endende Nacht herrschte. Stacy nannte ihn den Wald der Ewigen Finsternis. Bisher hatten sie und die Wölfe keinen Grund gehabt, dorthin zu gehen. Die Wölfe hatten vielmehr Stacys immer mal wieder auftauchenden Wunsch, den Wald der Ewigen Finsternis zu erkunden, jedes Mal im Keim erstickt.

Während Everest und sie durch den Taigawald liefen, erzählte sie ihm, was sie in der Zeitung gelesen hatte.

„Wenn wir das wilde Rudel davon überzeugen können, den Taigawald zu verlassen, wird sich die Aufregung bestimmt legen", sagte sie. „Glaubst du, sie werden gehen?"

Everest schüttelte den Kopf.

„Gibt es woanders kein besseres Jagdgebiet?", fragte Stacy. Aber sie wusste, dass die Antwort nein war. Es gab mehr als genug Weißwedelhirsche, Maultierhirsche und Elche in der Taiga, um den Hunger der Wölfe zu stillen. Aber warum hatten sie es dann riskiert, von einem Bauern erschossen zu werden?

„Wir sollten sie aber wenigstens vor der Wolfsprämie warnen", fuhr Stacy fort. „Kannst du es ihnen erklären? In Wolfssprache? Ich begleite dich."

Everest warf ihr einen Blick zu, der sagte Ja, gut.

Manchmal vergaß Stacy, dass sich nicht alle Wölfe in der Nähe eines Menschen so wohlfühlten wie ihr Rudel. Erst als sie das erste Mal auf die wilden Wölfe getroffen war, hatte sie begriffen, dass Wölfe sich vor Menschen fürchteten und ihre Sprache keinesfalls so gut verstanden, wie das die Wölfe aus ihrem Rudel taten.

Eine Weile liefen sie schweigend weiter. Das Schweigen war nicht unangenehm, es war die Art Stille, die nur zwei sehr gute Freunde miteinander teilen konnten. Sie fühlten sich in der Gesellschaft des anderen sehr wohl, und jeder ließ seine Gedanken wandern. Obwohl Stacy sich ziemlich sicher war, dass Everest niemals völlig in seinen Gedanken versank. Das war das Besondere an ihm. Er war immer wachsam, Stacy immer einen Schritt voraus und hielt stets Ausschau nach Gefahren.

Tränen traten Stacy in die Augen. Sie hatte dem Wolf das Ausmaß der Gefahr, die durch die Prämie über ihnen schwebte, nicht vollständig klarmachen können. Solange sie denken konnte, hatte sie immer Angst gehabt, dass sie die Wölfe eines Tages wieder verlassen musste. Wenn die Menschen sie finden sollten, dann würden sie sie zwingen, ihr geliebtes Leben in der Wildnis aufzugeben. Das war ihr klar, auch wenn sie nicht sicher war, woher sie das wusste. Für andere mochte es seltsam sein, aber Stacy erinnerte sich nicht mehr an ihre Familie. Das Rudel war jetzt ihre Familie – und was sie betraf, war das das Einzige, das zählte. Deshalb löste die Wolfsprämie, wenn sie in die Tat umgesetzt und einer ihrer Wölfe ihr weggenommen oder gar getötet würde, eine neue, viel schrecklichere Angst in ihr aus. Sie konnte den Gedanken daran kaum ertragen und war erleichtert, als sie aufblickte und erkannte, dass sie an ihrem Ziel angekommen waren. Nun konnten sich beide auf ihre Arbeit konzentrieren.

Everest ging zu einer Gruppe hoher Fichten, die so dicht nebeneinander wuchsen, dass man kaum zwischen ihnen hindurchsehen konnte. Er begann zu scharren.

„Ich helfe dir", sagte Stacy, als sie ihn eingeholt hatte. Sie bückte sich und griff nach einem Geflecht aus Kiefernzweigen und toten Wurzeln, das eine grob gezimmerte Klappe bildete. Zusammen hoben sie die Falltür hoch, darunter kam ein Tunnel in Wolfsgröße zum Vorschein. Everest und Stacy krochen durch den kurzen schmalen Gang, der unter den dicht wachsenden Bäumen hindurchführte, und gelangten auf der anderen Seite auf eine kleine, von der Sonne beschienene Lichtung. Dort, im Schatten der Bäume, lag Stacys Farm. Es war nicht viel, nur ein Stück Erde mit ein paar Karotten, Kürbissen, Kartoffeln und Kräutern, die sie dort anpflanzte, einem Huhn und einem Hahn und ein paar Küken, die herumwuselten. Stacy griff in ihren Beutel und holte eine Handvoll Samen heraus, die sie auf den Boden streute. Fluff, die Henne, und ihre Küken pickten sie gierig auf. Der Hahn, Crow, hielt sich zurück, als ob es unter seiner Würde wäre, sich mit den Küken um die Samen zu streiten. Er kam erst näher, als die Kleinen fertig zu sein schienen.

Aus ihrer Metall-Trinkflasche, die ein Camper vor Monaten an einem Baum hängend zurückgelassen hatte, schüttete Stacy Wasser in eine Schale, die in einer Ecke stand. Everest schubste die Küken liebevoll zu der Trinkschale.

Es war Stacy ein Rätsel, wie der Wolf so freundlich zu etwas sein konnte, das er irgendwann fressen würde. Stacy war sehr zufrieden mit ihrem Speiseplan aus Fisch, Gemüse, Beeren und der ein oder anderen Leckerei, die Addison von einem Zeltplatz stibitzte. Aber die Wölfe vertrugen eigentlich nichts außer Fleisch. Das Rudel hatte aufgehört zu jagen, als es Stacy aufgenommen hatte. Sie gab ihnen von den Beeren ab, die sie im Wald sammelte, wenn sie reif waren, aber das reichte natürlich nicht. Also hatte Stacy angefangen, Hühner für sie zu züchten, denn sie wusste, dass Wölfe zum Überleben Fleisch brauchten. Das war ein Teil des Kreislaufs des Lebens. Deshalb gab es Fluff und Crow. Fluff hatte sie aufgezogen, als die Henne noch ein kleiner gelber Flaumball gewesen war, so wie die Küken, die jetzt um ihre Füße hüpften. Stacy schauderte bei dem Gedanken an die Aufgabe, die sie in ein paar Monaten erwartete, wenn die Küken ausgewachsen waren. Diesen Teil ihrer Arbeit mochte sie nicht und vertrieb den Gedanken daran schnell aus ihrem Kopf. „Wir geben den Küken keine Namen, einverstanden?", sagte sie halb zu sich selbst. „Schlimm genug, dass ich Fluff und Crow Namen gegeben habe."

Nachdem die Hühner gefüttert waren, grub Everest mit den Pfoten ein paar Karotten aus, während Stacy mit einer alten Holzhacke eine Kartoffelpflanze entwurzelte. Sie steckte das Gemüse in ihren Beutel, dann verließen Everest und sie die Lichtung durch den kleinen Tunnel und verschlossen den Eingang mit der Falltür aus Zweigen.

Auf dem Rückweg zur Höhle entdeckte Stacy einen Birkenschössling, der ungefähr so groß war wie sie und der zu dicht neben einer Kiefer wuchs.

„Der bekommt nie genug Licht, um groß zu werden, Everest", stellte sie fest. „Fällen wir ihn und machen Brennholz daraus."

Stacy griff nach ihrer Steinaxt, die an ihrem Beutel hing, fällte den jungen Baum und zerkleinerte ihn in handliche Stücke.

Als die Sonne hinter die Bäume sank, lud sie die letzten Zweige auf einen Stapel auf Everests Rücken.

„Danke für deine Hilfe heute", lobte Stacy ihn, als sie den Rest des Weges nach Hause liefen. Sie dachte an die Rettung des Kaninchens. War das wirklich erst heute Morgen gewesen? Everest war immer noch verstimmt, weil er nicht hatte verhindern können, dass sie den Wasserfall hinuntergesprungen war, das spürte Stacy. Wenn sie so darüber nachdachte, war er seitdem ziemlich mürrisch. Sie musste es wiedergutmachen. Und sie wusste genau, womit sie seine Laune aufhellen konnte.

Sie wühlte in ihrem Beutel nach Everests Lieblingsspielzeug – zwei alten Knochen, die Stacy im Wald gefunden und mit einem Stück Faden zusammengebunden hatte. Sie nannte ihn den Wurfknochen.

„Hey, du", rief Stacy, „willst du Fangen spielen?"

Beim Anblick seines Spielzeugs richtete Everest die Ohren auf. Er schüttelte das Holzpaket ab und rannte los, bevor Stacy auch nur den Arm zum Wurf gehoben hatte. Sie schleuderte den Knochen, so weit sie konnte. Ein paar Sekunden später kam Everest mit dem Spielzeug zwischen den Zähnen zurück. Er sah viel fröhlicher aus als noch ein paar Minuten zuvor.

Die beiden waren so vertieft in ihr Spiel, dass Stacy nicht bemerkte, wie sich das Licht veränderte, bis es so dunkel war, dass sie den Knochen in der Luft kaum noch erkennen konnte. Die Sonne war bereits vollständig hinter den Bäumen versunken.

„Schnell, Everest“, sagte sie. „Wir müssen gehen. Die anderen heulen bestimmt schon nach ihrem Abendessen.“

KAPITEL 4

Kaum waren Stacy und Everest zurück in der Höhle, bereitete sie das Abendessen für die Wölfe zu – einen herzhaften Hühner-Kürbis-Eintopf. Manchmal gab sie ein paar Äpfel dazu oder einige Kräuter aus ihrem Garten.

Den Wölfen schien Stacys Zubereitung zu schmecken. Aus Neugierde hatte sie deshalb vor einiger Zeit einmal von dem Eintopf gekostet. Allerdings hatte sie danach einen ganzen Eimer Milch gebraucht, um den Geschmack wieder loszuwerden.

Aber den Wölfen schien die merkwürdige Mischung

nichts auszumachen, sie verlangten sogar oft noch einen Nachschlag.

Stacy verteilte den Eintopf in die sechs Holzschalen, die sie letztes Weihnachten für das Rudel geschnitzt hatte. In jedes hatte sie vorn den Anfangsbuchstaben des jeweiligen Wolfes eingeritzt. Das Rudel hatte ihr ein in Leder gebundenes Tagebuch, ein Fässchen Tinte und drei Schreibfedern geschenkt, die Addison im Dorf „gefunden" hatte. Stacy traute sich nicht zu fragen, wo genau sie die Sachen herhatte, denn das Geschenk war einfach wunderschön.

Die Wölfe machten sich über ihr Abendessen her, und Stacy ging zu dem Felsbrocken mit der flachen Oberseite, den Noah und sie letztes Frühjahr in die Höhle gerollt hatten und den sie als Schreibtisch benutzte. Sie setzte sich auf den Baumstumpf-Hocker, zündete eine Kerze an und klappte das Tagebuch auf. Jede Tierrettung notierte sie hier. Heute schrieb sie zusätzlich noch einen sorgenvollen Gedanken auf: Wolfsprämie wahrscheinlich. Meine Wölfe geraten in Gefahr, überall im Wald werden sich Menschen mit Gewehren herumtreiben. Wir müssen uns verstecken.

Sie blätterte ganz nach hinten, wo sie die Mondphasen und die Reihenfolge der nächtlichen Wolfspatrouille aufzeichnete. Jede Nacht hielt ein Wolf auf dem Patrouillenfels Wache, lief dort auf und ab und hielt Ausschau nach Gefahren oder Tieren in Not, die gerettet werden mussten.

„Heute Nacht ist Vollmond", sagte sie laut, damit die anderen sie über das Mampfen und Schmatzen hinweg hörten. „Tucker, du bist mit der Wache dran."

Als Stacy den Eintrag über die Kaninchen-Rettung beendet hatte, blies sie die Kerze aus, nahm sich die Zeitung und einen Stift und ging zu dem großen Vorraum in der Nähe des Eingangs. Dort band sie ein kleines Päckchen an Tuckers Hinterbein und gab ihm zum Abschied einen Kuss.

„Ich habe dir etwas getrocknetes Hühnerfleisch eingepackt, falls du heute Nacht hungrig wirst", sagte sie und wuschelte ihm durch das zerzauste Haarbüschel zwischen seinen Ohren. „Pass auf dich auf."

Tucker senkte den Kopf wie zu einem Nicken, dann trottete er mit wedelndem Schwanz in den Wald.

Sonne und Mond bestimmten das tägliche Leben des Rudels im Wald. Dunkelheit bedeutete Schlafenszeit für alle, außer für den Wolf, der Wachdienst hatte.

Stacy sah zu, wie sich die anderen zum Schlafen bereit machten, man konnte das eigentlich nur als Welpenknäuel bezeichnen – allerdings ein Knäuel aus sehr großen Welpen. Mit der Zeitung in der Hand suchte sie sich auf Zehenspitzen einen Weg in die Mitte des Haufens und achtete dabei darauf, auf keine Schwanzspitze zu treten.

Ihren Kopf legte sie schließlich auf Everests Bauch, ihren Rücken kuschelte sie an Noahs Rücken, und ihre Beine legte sie über Wink.

Jede Nacht legten sie sich ein wenig anders zum Schlafen hin, aber für Stacy war es jedes Mal gleich gemütlich. Umgeben von Tieren, die sie liebten und die ihr Leben für sie geben würden, fühlte sie sich immer wohl. Eine Decke brauchte sie nie. Im Winter kuschelte sie sich ganz tief zwischen die Wolfskörper, deren Fell sie wärmte. Und im Sommer strich ein kühler Hauch aus dem Wald über sie hinweg.

Heute war wegen des Vollmonds eine besondere Nacht. Das Mondlicht schien hell genug in die Höhle, sodass Stacy das Kreuzworträtsel in der Zeitung machen konnte. Addison lag hinter ihr und stützte ihren Kopf auf Stacys Schulter. Stacy schob ihr eine Brille aus dem

Supermarkt auf die Schnauze, damit Addison ihr mit den Antworten „helfen" konnte.

„Vier waagerecht", sagte Stacy. „Ein Weihnachtsbaum. Sechs Buchstaben."

Die bernsteinfarbenen Augen der Wölfin konzentrierten sich auf die Zeitungsseite. Nachrichten interessierten sie nicht besonders, aber sie liebte Kreuzworträtsel.

„Ein Weihnachtsbaum ... sechs Buchstaben ... Nicht Tanne. Fichte!"

Addison stupste sie gegen das Ohr, um ihr zu zeigen, dass die Antwort richtig war.

Aber als Stacy die nächste Zeile las, spürte sie, wie Addisons Atem langsamer und tiefer wurde. Eine Minute später schnarchte die Wölfin ihr ins Ohr. Stacy steckte die Zeitung weg, denn sie wollte das Rätsel nicht ohne ihre Helferin zu Ende lösen. Also drehte sie sich um und vergrub ihren Kopf in Everests weichem Fell. Mit dem Gefühl, dass es zum Schlafen keinen besseren Ort auf der Welt gab als den zwischen fünf riesigen schlummernden Polarwölfen, schlief sie ein.

Stacy träumte von ihrer ersten Tierrettung, ein Traum, den sie häufiger hatte. Sie war erst ein oder zwei Monate bei den Wölfen gewesen und spielte mit Wink und

Addison Fangen auf der Lichtung, als sie es entdeckte – ein Eulenbaby. Das Küken war noch so jung, dass es eigentlich nur ein flauschiges Federknäuel war.

„Wo ist dein Nest?", hatte Stacy gefragt, aber natürlich hatte die Eule nicht geantwortet.

Es war klar, dass das Eulenküken ohne Mutter nicht überleben würde, und Stacy fing an zu weinen. Wink und Addison wollten helfen, wussten aber nicht wie.

Tucker, Everest und Noah waren schließlich die Rettung. Tucker leckte das Küken sauber, und Everest grub einige Würmer aus der Erde aus. Dann schob Noah eine Schale mit Wasser zu dem Küken hin.

Nachdem es gefressen hatte, rollte Basil sich um die kleine Eule herum, um sie zu wärmen.

Die nächsten Wochen kümmerten sie sich liebevoll um das Eulenkind. Stacy nannte es Bramble. Die Federn wuchsen, und schon bald unternahm es kurze Nachtflüge, aber tagsüber kehrte es immer zur Höhle zurück.

Dann eines Abends in der Dämmerung flog Bramble hoch in die Luft. Sie hatte sich anderen Eulen angeschlossen – einer ausgewachsenen und einigen, die nur etwas größer waren als sie selbst.

Du hast deine Familie gefunden, Bramble, freute sich Stacy. Danach sahen sie die Eule immer seltener. Stacy vermisste sie, war aber auch froh, dass die kleine Eule nicht mehr allein war.

Diese erste Tierrettung hatte Stacy tief in ihrem Inneren berührt. Schließlich wusste sie, wie es war, die eigene Familie zu verlieren. Und wie wunderbar es sich anfühlte, gerettet zu werden. Von diesem Tag an durchstreiften Stacy und die Wölfe den Wald, um den anderen Bewohnern der Taiga zu helfen. Sie führten Familien zusammen, retteten Tiere vor dem Tod, pflegten verletzte Tiere gesund, und so wurden die Rettungen für sie Arbeit und Vergnügen. Ein besseres Leben konnte Stacy sich nicht vorstellen.

Sie war jetzt tief in den Schlaf gesunken und fing beinahe an zu schnarchen, als plötzlich ein markerschütterndes Heulen durch die stille Taiga hallte. Stacy und die Wölfe richteten sich sofort wachsam auf, alle fragten sich, ob – und hofften – dass es ein Traum gewesen sei. Aber Stacy wusste, was sie gehört hatte. Furcht erfasste sie. Ein zweites Heulen hallte über die Bäume. Es war eindeutig Tuckers Stimme.

KAPITEL 5

Everest, Basil, Noah und Addison sausten aus der Höhle, bevor Stacy sich den Schlaf aus den Augen reiben konnte. Draußen blieben sie kurz stehen, um nach dem Heulen zu lauschen, dann verschwanden sie aus Stacys Blickfeld.

Sie wandte sich an Wink, der verwirrt blinzelte – er hatte sehr tief geschlafen. „Tucker ist in Schwierigkeiten", erklärte Stacy, griff nach ihren Stiefeln und schlüpfte hinein.

Wink sprang auf und duckte sich neben sie. „Nein, lauf ohne mich. Ich bin direkt hinter dir." Ihr blieb keine

Zeit, die Schnürsenkel zu binden. Schnell schnappte sie sich ihren Beutel und lief hinter Wink aus der Höhle in die Nacht hinaus.

Das Heulen musste von irgendwo oben auf dem steilen Patrouillenfelsen gekommen sein. Wink rannte den Hang hinauf, dem restlichen Rudel hinterher. Dicht dahinter folgte Stacy. Ein schmaler, um den Berg gewundener Pfad führte von der Höhle zur Spitze des Felshangs. Stacy und die Wölfe hatten den Pfad mit Absicht nicht zu sehr ausgetrampelt, damit er nicht aus Versehen gefunden wurde. Sie mussten sich schließlich immer vor der Entdeckung durch andere Menschen schützen. Trotz des Vollmonds sah Stacy nicht annähernd so gut wie die Wölfe. Sie hatte Mühe mit dem steilen Anstieg, außerdem wehten ihr die losen Schnürsenkel um die Knöchel.

Erneutes Heulen durchbrach die Stille der Nacht, und Stacy stolperte über einen Ast.

Wink blieb stehen und kam zu ihr zurück. Alles in Ordnung?, schien sein Blick zu fragen.

„Es geht schon, aber ich bin zu langsam für dich", sagte sie und band mit zitternden Fingern die Stiefel zu. „Such die anderen. Ich komme nach."

Der Wolf kauerte sich dicht neben Stacy, als wollte er sagen, ich gehe nirgendwo ohne dich hin, und sie stieg auf seinen Rücken. Als der Pfad jedoch so steil wurde, dass auch er ihn nur noch erklettern konnte, wurde es selbst für Wink schwierig.

„Ich kann den Felsen selbst hochklettern", flüsterte sie ihm ins Ohr. „Dann sind wir schneller."

Wink duckte sich, und Stacy glitt von seinem Rücken herunter. Ihre Stiefel waren nun fest zugeschnürt. Der Wolf kraxelte den restlichen Pfad hoch. Stacy suchte mit Händen und Füßen nach Halt in Spalten und Vorsprüngen. Sie kam nur langsam voran, aber schließlich schaffte sie es, sich auf einen etwas breiteren Vorsprung hinaufzuziehen.

Danach verlief der Pfad etwas weniger steil. Erleichtert stieg sie wieder auf Winks Rücken. Sie durften keine Zeit verlieren.

Tuckers verzweifeltes Heulen, jetzt ganz in der Nähe, bestätigte das.

Nach zehn Minuten, die sich angefühlt hatten wie eine Ewigkeit, erreichten sie endlich den Patrouillenfelsen. Stacy sprang vom Rücken des Wolfs und ging in die Hocke. Sie erkannte die Pfotenabdrücke von

Everest, Basil, Noah und Addison, die nach Osten führten. Stacy und Wink rannten los, aber schon nach wenigen Metern wurden sie von Basil zu Boden gestoßen.

„Basil! Warum hast du das –“, hob Stacy an, doch Basil drückte schnell ihre Schnauze auf Stacys Mund und bedeutete ihr damit, still zu sein. Mit besorgtem Gesichtsausdruck trat Everest zu ihnen. Wink und Stacy tauschten einen nervösen Blick aus, dann folgten sie Everest und Basil leise zu der Stelle, wo Addison und Noah standen.

Die Wölfe starrten alle in dieselbe Richtung. Ihrem Blick folgend, erspähte Stacy zwischen den dichten Bäumen eine kleine Lichtung. Entsetzt keuchte sie auf. Da war Tucker. Er stand mitten auf der Lichtung, umzingelt von einem Rudel knurrender Wölfe.

Stacy traute ihren Augen nicht. Das Rudel hatte sich verdoppelt, seit sie die wilden Wölfe das letzte Mal gesehen hatte.

Acht, neun, zehn … Stacy zählte die Rudelmitglieder. Sie hatte nicht gewusst, dass es so viele geworden waren. Everest deutete auf einige Gestalten zwischen den Bäumen auf der anderen Seite der Lichtung. Angestrengt versuchte Stacy die Schatten zu erkennen.

„Elf, zwölf… und da sind noch zwei Welpen, oder?“, fragte sie drängend.

Everest nickte ernst.

„Vierzehn!“, stieß Stacy leise aus. „Kein Wunder, dass sie nicht genug zu fressen finden.“

Plötzlich bemerkte Stacy ein kleines Tier, das zwischen Tuckers Beinen stand. Es war ein zierlicher, knurrender Rotfuchs. Tucker musste mitten in das Rudel gehechtet sein, um den Fuchs zu beschützen.

Aber warum?, wunderte Stacy sich. Ihr gefiel der Gedanke nicht, dass der Fuchs als Abendessen für die Wölfe enden würde, aber Tucker verhielt sich selten derart angriffslustig. Die Wölfe sind so hungrig und verzweifelt, dass sie sogar einen Fuchs fressen würden, obwohl er ebenfalls zur Familie der Hunde gehört, so wie die Wölfe.

Stacy sah noch einmal genauer hin.

„Das ist ein Hund!“, flüsterte sie überrascht. Er sah einem Fuchs sehr ähnlich, aber es war eindeutig ein Hund. Ein Hund mit einem hübschen, flauschigen Schwanz und spitzen Ohren.

Bis zu diesem Moment hatte Stacy noch nie einen echten Hund gesehen. Sie kannte nur Bilder aus Büchern, doch sie hatte immer schon davon geträumt, eines Tages einen Hund als Haustier zu haben. Wie konnte ein kleiner Hund ganz allein im Wald überleben? Und so wie Tucker vor ihr wurde Stacy in diesem Augenblick klar, dass sie alles tun würde, um das Leben des kleinen Hundes zu retten – auch sich einem hungrigen Rudel Wölfe entgegenstellen.

Everest trat zwischen den Bäumen hervor, und die anderen Wölfe aus Stacys Rudel folgten ihm. Die beiden Rudel stellten sich auf gegenüberliegenden Seiten der Lichtung auf. Beinahe berührte Everest mit der Nasenspitze die Nase des anderen Alpha-Wolfs. Überrascht stellte Stacy fest, dass das wilde Rudel eine neue Anführerin hatte: eine Wölfin, aus deren linkem Ohr ein großes Stück herausgebissen war – vermutlich eine Wunde aus dem Kampf um die Führungsrolle im Rudel. Offensichtlich war sie erfolgreich gewesen. Stacy tat der andere Wolf leid, der jetzt vermutlich ein rangniederes Tier war.

Sie blieb hinter den Büschen und betrachtete die fremden Wölfe. Fast alle hatten schwarzes, graues oder braunes Fell, wie es für Wölfe ihrer Art üblich war – denn die Wölfe des wilden Rudels waren keine Polarwölfe, sondern Timberwölfe. Nur die Alpha-Wölfin, bei deren Anblick Stacy direkt der Name Dusky einfiel, hob sich von den anderen ab. Sie war wunderschön. Schlank, hoch aufgeschossen mit langen Beinen. Ihr Fell war grau mit ein paar roten Flecken und ihr Bauch cremeweiß. Alle sahen unterernährt aus, vor allem Dusky. Tiefes Knurren vibrierte in ihren Kehlen, während sie darauf warteten, was passieren würde. Nur ein Signal des Alpha-Tiers und ein schrecklicher Kampf würde ausbrechen.

Die wilden Wölfe waren Stacys Rudel zahlenmäßig überlegen, aber Everest und die anderen waren stärker, klüger und besser ernährt.

Irgendwie gelang es Everest den fremden Wölfen genau das zu vermitteln. Das wilde Rudel wusste, dass es einen Kampf um den Hund verlieren würde. Auf ein kaum wahrnehmbares Zeichen von Dusky hin, wichen sie zurück, und einer nach dem anderen verschwand zwischen den Bäumen. Als Dusky sich zum Gehen wandte, drehte sie sich kurz zu dem Gebüsch um, hinter dem Stacy kauerte, und knurrte nervös. Everest knurrte eine Antwort, und Dusky schlich in die Schatten davon.

Der Hund stand einen Augenblick wie angewurzelt da, als könnte er seine Rettung in letzter Minute, und das auch noch durch Wölfe, nicht fassen. Stacy versuchte zu erkennen, ob er verletzt war. Sie kannte sich mit der Notversorgung verletzter Tiere aus, denn sie hatte Tucker über die Jahre gut beobachtet. Er war ein begnadeter Heiler, und zusammen hatten sie schon oft verletzte Tiere in ihre Höhle gebracht, dort versorgt und gepflegt.

Plötzlich sauste der Hund los.

„Hinterher!", rief Stacy den anderen zu. Er könnte sich verletzen. Oder er landet wieder mitten in diesem wilden Wolfsrudel. Außerdem will ich einen Hund!

Der Hund war schnell, aber das waren sie auch. Sie jagten ihm nach und versuchten dabei, so leise wie möglich zu sein, um ihn nicht zu erschrecken. Aber sechs Wölfe und ein Mädchen, die im Dunkeln durch den Wald rannten, konnten nicht anders, als Lärm zu machen.

Auf dem Boden lagen Baumstämme, über die sie springen mussten, da waren Felsen, über die sie klettern, Hügel, die sie hinunterrutschen mussten. Irgendwann stieg Stacy auf Basils Rücken. Der Wind pfiff ihr in den Ohren, als sie die steile Böschung in die Schlucht hinuntersausten, welche die Taiga von dem uralten Eichenwald trennte.

Der Hund kannte sich aus. Sie verloren ihn mehrere Male und mussten warten, bis Everest seinen Geruch wieder witterte. Was er jedes Mal tat.

Die Dämmerung brach bereits herein, als Stacy den bauschigen roten Schwanz in einer Höhle verschwinden sah.

„Da!", rief sie. „Er ist in die Höhle geflüchtet!"

Everest wollte verhindern, dass sie dem Hund folgte, denn sie hatten sie noch nie erkundet, und das bedeutete möglicherweise Gefahr. Außerdem gab es hier viele alte unsichere Minentunnel.

Die anderen Wölfe waren seiner Meinung – alle außer Wink, der Abenteuer liebte.

„Ich gehe jetzt da rein", sagte Stacy entschlossen. Wink schmiegte sich dicht an sie.

Widerwillig folgten ihnen die anderen Wölfe.

Stacy hatte gelernt, immer für alles bereit zu sein. Aus ihrem Umhängebeutel holte sie alles heraus, was sie brauchte, um eine Fackel zu bauen. Einen dicken Stock und einen alten Fetzen von einem T-Shirt, den sie auf einem Zeltplatz mit Kerosin getränkt hatte, als der Camper gerade nicht hinsah. Schnell wickelte sie den Fetzen um den Stock, dann entzündete sie mit ihrem Messer und einem Feuerstein einen Funken. Sekunden später loderte die Fackel.

Die Höhle war dunkel und steil und ohne jegliche Annehmlichkeiten, die Stacy und die Wölfe aus ihrer eigenen Höhle kannten und die diese gemütlich machten. Außerdem war die Höhle hier länger als ihre und führte steil nach unten in die Erde. Stacy hatte das Gefühl, dass sie nie enden würde, da öffnete sie sich auf einmal in die verlassene Eisenmine.

Diese Mine hatte Stacy sonst immer gemieden. Es gab von der Schlucht aus mehrere Eingänge, und sie hatte Angst, dass die Gänge über ihrem Kopf einstürzen könnten. Aber vielleicht war der Hund verletzt? Stacy war entschlossen, ihr eigenes Leben zu riskieren, damit der Hund wieder gesund aus der Mine herauskam.

Sie spürte Everests Zögern. Er wollte die Rettungsmission lieber abbrechen.

Wir müssen es versuchen, dachte Stacy und lief weiter, denn sie wusste, dass die Wölfe sie nicht allein lassen würden.

Im Licht der Fackel entdeckte sie einen alten Minenwagen auf rostigen Schienen. Stacy sprang hinein und betätigte den Hebel, der den Wagen in Bewegung setzte. Bald schon reichte das Gewicht des Karrens aus, sodass er immer schneller wurde und tiefer und tiefer in die Mine hineinfuhr. Die Wölfe rannten rechts und links neben den Schienen.

So gelangten sie tiefer unter die Erde, als Stacy jemals zuvor gewesen war. Die Luft wurde immer wärmer und wärmer, und sie wusste, dass Everest und die anderen dachten, dass sie aufgeben und umkehren sollten. Der Hund wollte offensichtlich nicht gerettet werden.

„Aber er weiß doch gar nicht, dass wir ihm helfen wollen“, rief Stacy. Ihre Worte hallten von den glatten Tunnelwänden wider. „Er wird hier unten sterben, wenn wir ihn nicht finden.“

Wasser tropfte von den Wänden, und immer wieder begegneten sie Schwärmen von Fledermäusen. Ihr Gesicht fühlte sich mittlerweile an, als wäre es vollständig von Spinnweben eingesponnen. Aber sie verfolgten die Spur des Hundes weiter, bis sie zum Ende der Schienen gelangten.

Hier wurde aus der Mine wieder eine Höhle. Stalagmiten ragten vom Boden hoch, und Stalaktiten hingen von der Decke herab. Sie schlängelten sich um sie herum und kamen zu einer Höhle in der Höhle – einem Loch, das tief, tief, tief nach unten führte.

Der Abstieg war zu steil, um ihn ohne Hilfe zu wagen. Nach einer kurzen Verständigung mit Addison, holte Stacy das lange, dicke Seil, das sie aus Ranken geflochten hatte, aus Tuckers Päckchen. Sie wand es um ein Rad des Minenwagens und knotete es am Hebel fest. Das andere Ende wickelte sie um Everest.

Der Karren würde wie eine Art Flaschenzug funktionieren, damit sie sich in das tiefe Loch abseilen konnten. Mithilfe des Flaschenzugs würden sie sich auch wieder nach oben ziehen können.

Everest war als Erster dran.

Hoffentlich ist das Seil lang genug. Sonst weiß ich nicht, was wir tun sollen, dachte Stacy.

Endlich gab der Leitwolf durch einen Ruck am Seil das Zeichen, dass er unten angekommen war. Er schlüpfte aus dem Seil, und sie zogen es hoch.

Als Nächstes seilte sich Stacy ab, dann folgten Addison, Wink und Noah. Basil und Tucker blieben bei dem

Minenwagen, für den Fall, dass etwas schiefging und sie zusätzliche Hilfe brauchten.

Als alle unten waren, ruckte Stacy zweimal kurz am Seil, damit Basil und Tucker wussten, dass sie sicher angekommen waren. Dann machten sie sich weiter auf die Suche nach dem Hund.

Je tiefer sie kamen, umso heißer wurde es in der Höhle. Stacy hob die Fackel hoch und erkannte dampfende Wasserpfützen und Magma – durch die Hitze im Erdinnern geschmolzenes Gestein.

„Seid vorsichtig", warnte sie. „Wir sind tief, tief unter der Erde. Ein falscher Schritt und ihr könntet –"

Das Wort sterben blieb ihr im Hals stecken, als sie den Hund entdeckte. Er stand mitten auf einem kleinen Felsen, umgeben von Magma. Eine falsche Bewegung, und er würde von dem heißen Gesteinsbrei getötet werden.

KAPITEL 6

Der Hund saß mitten im Magma auf dem Stein – wie eine Königin, die in ihrem Schloss von einem Wassergraben umgeben war. Er musste auf den Fels gesprungen sein, als er mit voller Geschwindigkeit durch die Höhle gestürmt war. Und nun konnte er nicht genug Anlauf nehmen, um zurückzuspringen. Eine ungeschickte Bewegung und er würde in den sicheren Tod rutschen.

Aufmerksam beäugte der Hund sie. Er hatte jetzt mehr Angst vor dem, was um ihn herum geschah, als vor den Wölfen.

„Keine Angst, Kleiner, wir werden dich retten", sagte Stacy. Die Zuversicht in ihrer Stimme passte nicht zu ihren wahren Gefühlen. Sie holte tief Luft, damit sie nicht in Panik geriet. Die Hitze brannte in ihren Lungen, und sie schwitzte aus jeder Pore ihres Körpers. Schweißperlen rannen ihr in die Augen und tropften auf den heißen Boden, wo sie wütend zischten und verdampften.

Everest stand schräg vor Stacy, damit sie dem Magma nicht zu nahe kam. Wink hatte sie an ihrem Beutel gepackt, Addison ging hechelnd hinter Stacy auf und ab. Die Zunge hing ihr aus dem Maul, um ihrem Körper Kühlung zu verschaffen. Stacy konnte praktisch die Rädchen in ihrem Kopf rattern hören, um eine Möglichkeit zu finden, den Hund zu retten. Und Noah, der arme Wasser liebende Noah, war niemals weiter weg von seinem Element entfernt gewesen als hier.

Alle Wölfe tigerten nervös hin und her und warteten auf Stacys Anweisungen. Was sie auch tun würden, sie mussten sich beeilen.

Suchend sah Stacy sich nach etwas um, das ihnen helfen konnte, den kleinen Hund zu retten.

Wink war der Tollkühnste unter ihnen. Stacy war sich

sicher, dass er bereits abschätzte, ob er auf den Felsen und mit dem Hund zurückspringen konnte. Aber ein falscher Schritt und sie würden beide verlieren, ihn und den Hund.

„Nein“, sagte Stacy den Abstand betrachtend. „Der Stein wird wackeln, und du und der Hund fallt ins Magma. Keine Chance! Aber vielleicht können wir irgendwie eine Brücke bauen.“

Everest wurde unruhig. Er grub die Zähne in Stacys T-Shirt und zog sie ein Stück rückwärts.

Sie kniete sich hin und nahm seinen Kopf zwischen beide Hände. „Ich weiß, dass es hoffnungslos aussieht“, sagte sie. „Lass uns nachdenken. Ich will noch nicht aufgeben.“

Der Wolf knurrte warnend. Über seinen Kopf hinweg sah Stacy, dass sich der Hund zitternd umdrehte. Der Stein wackelte noch mehr.

„Ganz ruhig“, beschwor Stacy ihn. „Versuch dich nicht so viel zu bewegen.“

Während sie sprach, blubberte noch mehr Magma hoch. Der Abstand zwischen ihnen und dem Hund wurde größer. Stacy hob die Fackel und betrachtete die Wand hinter dem Hund. Der Magmagraben war dort etwas schmaler, und aus der Wand ragte so etwas wie ein Vorsprung. Für Stacys Füße war er jedoch zu klein. Falls sie es überhaupt schaffen würde, dorthin zu springen, und da war sie sich ganz und gar nicht sicher.

„Gibt es hier irgendetwas, aus dem wir eine Brücke bauen könnten?“, fragte Stacy. Sie versuchte, sich an die Kapitel in dem Buch *Physik für Idioten* zu erinnern, das sie aus der Papiertonne der Bibliothek gefischt hatten. Mit Addison hatte sie den Inhalt überflogen. Der Buchtitel hatte Stacy zuerst abgeschreckt, aber dann hatte sich das Buch als sehr nützlich erwiesen, denn dort wurden die wichtigsten physikalischen Gesetze verständlich und einfach erklärt. Das Problem war nur, dass es hier unten in der Höhle keine Gegenstände gab, die in dem Buch für die Experimente benutzt wurden.

Sie riss einen Streifen Stoff von ihrem T-Shirt und band ihre Haare zu einem Pferdeschwanz zusammen, damit ihr der Schweiß nicht mehr so stark in die Augen tropfte. Wieder hob sie die Fackel hoch und untersuchte die Wände und den Boden. Irgendwo musste es doch etwas geben, das als Brücke dienen konnte.

Everests Unruhe hatte sich auf die anderen Wölfe übertragen. Stacy konnte es spüren. Aber die Treue zu ihr war stärker als alle anderen Gefühle, und so machten die sich auf die Suche nach brauchbarem Material.

Ein paar Minuten später hörte Stacy ein Geräusch hinter sich. Sie drehte sich um. Noah und Wink schoben gemeinsam eine dünne Schieferplatte heran. Das dunkle Gesteinsstück sah aus, als wäre es aus der Höhlenwand geschnitten worden, doch wahrscheinlich war es bei einem Felsrutsch abgebrochen. Die Schieferplatte war für eine Brücke über den Graben zu kurz, aber es war wenigstens etwas.

„Gut gemacht“, lobte Stacy. „Damit lässt sich etwas anfangen.“

Everest knurrte wieder, weil Noah und Wink Material suchten und weil Stacy die gefährliche Rettung riskieren wollte.

„Ich weiß, dass ich nicht hinüber auf die Hundeinsel kann“, versicherte Stacy ihm. „Aber wenn wir den Schiefer als Planke benutzen, komme ich vielleicht nah genug hin, um den Hund zu holen.“

Der große Wolf schüttelte den Kopf, wusste aber, dass er ihr den Plan nicht ausreden konnte. Nervös lief er auf und ab, während Stacy in ihrem Beutel nach ihren Lederhandschuhen suchte. Mit ihnen würde sie sich an der Schieferplatte besser festhalten können. Wenn sie mit ihren verschwitzten Händen abrutschte, würde sie sonst ins Magma segeln.

Wenigstens wäre das ein schneller Tod. Und ich würde bei der Sache sterben, die ich am liebsten tue – ein Tier retten – umgeben von meiner Wolfsfamilie.

Als hätte Everest ihre Gedanken gelesen, blieb er plötzlich stehen und bellte warnend. Mach das nicht, war in seinem Gesicht zu lesen. Mach es einfach nicht.

„Ich muss es versuchen", flüsterte Stacy ihm zu. „Falls ich abrutsche, dann spiel dich ja nicht als Held auf. Das Rudel darf nicht uns beide verlieren."

Sie konnte Everest beinahe spöttisch antworten hören, aber sie hoffte, dass ihre Worte zu ihm durchdrangen. Sie wollte nicht, dass er hinter ihr hersprang. Dann sprach sie langsam und beruhigend auf den Hund ein. „Alles wird gut. Wir sind deine Freunde. Alles wird gut."

Noah und Wink halfen ihr, die Schieferplatte zum Graben zu ziehen. Es war unvorstellbar, dass es noch heißer werden konnte, aber als sie sich dem Magma näherten, stieg die Temperatur weiter an.

Vorsichtig schoben sie die Platte halb über den Graben. Wie Stacy vermutet hatte, war sie etwas zu kurz. Wenn sie die Platte losließen, würde sie ins Magma fallen und verschwinden. Aber wenn sie etwas in die Mitte unter die Schieferplatte schieben würden, könnte sie wie eine Wippe funktionieren. Von dort könnte sie dann den Einsatz wagen. Die Platte brauchte nur eine Mittelstütze. Stacy sah sich in der Höhle um. Es lagen ein paar kleinere Felsen herum, die sich eignen würden. Aber alle würden die Wippe viel zu gefährlich machen. Denn wenn so ein Stein unter der Schieferplatte wegrollte, wäre es um Stacy geschehen. Nein, das funktionierte nicht.

Das schabende Geräusch von Metall, das über den Boden geschleift wurde, hallte auf einmal durch die Höhle. Stacy drehte sich zu Addison um. Sie war von ihrer Materialsuche zurück und zerrte eine alte rostige Spitzhacke hinter sich her.

„Perfekt, Addi", rief Stacy und hob die schwere Hacke hoch. „Tretet zurück, ich habe eine Idee."

Mühsam wuchtete Stacy die Spitzhacke auf ihre Schulter. Sie war viel schwerer, als sie vermutet hatte. Mit aller Kraft hob sie die Hacke über den Kopf und ließ sie dann mit voller Wucht auf die Erde donnern. Ein Stück Stein löste sich aus dem Felsboden.

„Wenn ich genug Stein vom Boden abschlage, bleibt am Rand ein kleiner Sockel stehen, den können wir dann als Stütze für die Wippe benutzen."

Noch nie hatte Stacy gesehen, dass ein Wolf mit den Augen rollte, aber genau das tat Everest jetzt. Doch Addison nickte langsam, als ob sie in Gedanken prüfte, ob Stacys Plan gut war. Noah und Wink machten verdutzte Gesichter. Stacy verstand Everests Bedenken. Es war sehr, sehr gefährlich. Schiefer war kein besonders hartes Gestein. Eigentlich bestand er nur aus einer fest gewordenen Mischung aus Lehm, Quarz und Kalk. Er konnte jederzeit und ohne Vorwarnung auseinanderbrechen und Stacy in den Tod schicken. Allerdings war dies hier eine besonders dicke Schieferplatte, und Stacy ergriff gern jede Chance.

„Everest, bitte", flehte sie. „Die Zeit drängt, und der Hund hat keine anderen Möglichkeiten. Ich glaube, das funktioniert."

Sie hieb weiter mit der Spitzhacke auf den Boden ein. Mit jedem Schlag löste sich mehr Gestein aus dem Untergrund. Nach ein paar Minuten hatte sie ein gutes Stück freigehackt. Erschöpft setzte sie sich und trank einen Schluck aus ihrer Feldflasche. Währenddessen räumten die Wölfe die herausgebrochenen Steinstücke zur Seite.

Über die gesäuberte Fläche schoben Everest und Stacy dann die Schieferplatte, bis sie wieder über den Rand des Grabens ragte. Doch anstatt wacklig über dem Magma zu hängen, lag die Platte nun nach unten geneigt in der flachen Grube, die Stacy gehackt hatte. Das andere Ende erhob sich über dem Magma wie der obere Teil einer Wippe.

Stacy stellte sich auf das untere Ende und bat Everest und Addison, sich zu ihr auf die Wippe zu stellen.

„Also gut, wird schon schiefgehen“, wisperte sie.

Die beiden Wölfe blieben auf der Platte stehen, Stacy krabbelte auf Händen und Knien vorwärts. Wie sie gehofft hatte, blieb die Wippe durch das Gewicht der Wölfe auf der anderen Seite stabil. Als sie das obere Ende der Platte erreichte, spähte sie über den Rand – und bereute es sofort. So ruhig wie möglich verlagerte sie ihr Gewicht in die Mitte der Planke und holte tief Luft.

„Addison, hör mir gut zu“, sagte sie ruhig. „Ich möchte, dass du mit deinen Hinterbeinen von der Schieferplatte runtergehst.“

Stacy machte sich für das bereit, was gleich kommen würde. Addison bellte mehrmals kurz hintereinander. Das Bellen hallte von den Wänden wider. Es war eindeutig als Ablehnung von Stacys Plan zu verstehen. Sie wollte gar nicht wissen, was Everest für ein Gesicht machte. Und sie wagte es nicht, sich umzudrehen, um nachzuschauen.

Plötzlich schlingerte Stacy nach vorn und rutschte ein paar Zentimeter auf den Rand zu. Addison hatte überraschenderweise doch getan, um was Stacy sie gebeten hatte, und war mit einem Bein von der Wippe gestiegen. Stacy war dem Magma jetzt näher als jemals zuvor. Der Hund stieß ein schmerzerfülltes Jaulen aus. Er hatte nun bereits eine Brandwunde an der Vorderpfote.

„Gut, Addison", sagte Stacy keuchend. „Jetzt das andere Bein, aber langsam."

Addison hob das andere Hinterbein von der Planke, ließ die Vorderbeine aber fest neben Everest stehen, und Stacy kippte noch ein paar Zentimeter nach unten. Der Hund war jetzt zum Greifen nah. Der Arme machte sich ganz klein und winselte vor Furcht und Schmerz.

Aus dem Umhängebeutel auf ihrem Rücken holte Stacy ein kleines Seil. Sie band es um ihren Bauch und warf das Ende Noah und Wink zu. „Haltet das Seil fest. Ich brauche vielleicht eure Hilfe, um auf dem Rückweg das Gleichgewicht halten zu können."

Die beiden Wölfe stellten sich nebeneinander und packten das Seil mit den Zähnen. Stacy sah ihnen an, dass sie nicht verstanden, wie das helfen sollte – sie wusste es selbst nicht so genau – aber sie wollte sie ebenfalls beteiligen. Das schien ihr im Moment vernünftig zu sein.

Beinahe musste sie über sich selbst lachen. Wenn ich vernünftig wäre, wäre ich zu Hause in der Höhle und würde schlafen. Mit dem Seil können sie wenigstens meine Knochen rausziehen und begraben, falls ich hineinfalle. Oder schmelzen Knochen in Magma?

Sie schüttelte den Gedanken ab und krabbelte vorsichtig weiter nach vorn.

„Ich liebe euch", flüsterte sie über die Schulter in Richtung der Wölfe.

Wink winselte.

Stacy war jetzt am Rand der Planke angekommen. Weiter ging es nicht. Sie streckte den Arm nach dem kleinen Hund aus, der nur noch wenige Zentimeter von ihr entfernt war.

„Komm, Kleiner“, lockte sie. „Sei ein braver Hund und komm her zu mir.“

Der Hund gab keinen Laut von sich, obwohl Stacy erwartet hatte, dass er winseln oder knurren würde, stattdessen hörte sie ein anderes Geräusch. Eiskalt lief es ihr den Rücken hinunter, und die Härchen in ihrem Nacken stellten sich auf.

„Oh nein“, stöhnte sie.

Die Schieferplatte begann auseinanderzubrechen.

KAPITEL 7

Stacy schloss die Augen und atmete flach. Sie traute sich kaum, Luft zu holen. Langsam wandte sie den Kopf zu den Wölfen um. Ob sie den größer werdenden Riss in der Schieferplatte auch bemerkt hatten? Everest ja. Er starrte den Spalt an, als wollte er ihn nur durch seinen Willen zwingen, nicht größer zu werden, als er bereits war. Addisons, Noahs und Winks Augen waren auf Stacy gerichtet. Sie summte nun ein Schlaflied, um den Hund und die Wölfe zu beruhigen.

Still, kleines Hündchen, jaul nicht mehr,
Stacy bringt dir 'nen Knochen – sieh nur her.
Und wenn du aufwachst, und der Knochen ist weg,
bringt Stacy dir Fleisch mit – ohne Besteck.
Und wenn Wink dir dann das Fleisch wegstibitzt,
bringt Stacy dir –

Von Zeit zu Zeit fragte Stacy sich, woher sie die Melodie des Liedes kannte. Es war, als hätte sie sie schon immer gekannt. Da sie aber schon so lange ihre eigenen Worte zu der Melodie sang, erinnerte sie sich nicht mehr an den ursprünglichen Liedtext. Und jetzt war nicht der richtige Moment für Erinnerungen. Sie schüttelte den Gedanken ab und zwang sich zu neuer Entschlossenheit.

Ich schaffe das, dachte sie.

Vorsichtig atmete sie noch einmal tief durch und lehnte sich dann vor, auf das Seil vertrauend, das Wink und Noah festhielten. Sie streckte dem Hund den Arm noch weiter hin. Aber das war gar nicht nötig. Plötzlich, völlig unerwartet, sprang das Hündchen auf Stacys Kopf und von dort auf die Schieferplanke. Der Riss verdoppelte sich in der Breite und wuchs auf Stacy zu. Der

Hund wuselte von der Platte herunter und an Addison und Everest vorbei in Sicherheit.

„So geht es natürlich auch“, murmelte Stacy trocken, dann drehte sie sich schnell um und hechtete auf die Wölfe zu. Unter ihr krachte die Schieferplatte in zwei Teile und stürzte ins Magma, wo sie zischend versank.

Erleichtert fiel Stacy auf die Knie und umarmte die Wölfe, zuallererst Everest. Sein Blick war streng, aber nur weil er Stacy liebte, das wusste sie. Addison gab ihr schlabberige Küsse, und Wink und Noah stupsten mit ihren Nasen gegen Stacys Wangen.

Stacy nahm den kleinen Hund, der so viel Ärger bereitet hatte, auf den Arm. Neugierig betrachtete er sie alle. Er schien keine Angst mehr vor ihnen zu haben. Aber Stacy vertraute noch nicht darauf, dass er bei ihnen blieb und nicht wieder weglief. Nach dem, was sie für ihn riskiert hatten, musste sie sichergehen, dass er unverletzt war.

Mit den Händen strich sie über seinen Körper und seine Beine. Keine Schnittwunden oder gebrochenen Knochen. Nur die kleine Brandwunde an ihrer Pfote – ja, es war ein Weibchen – und um diese Wunde kümmerte sich Noah schon. Ansonsten war die Hündin unversehrt, und sie ertrug Noahs Fürsorge mit ruhiger Gelassenheit.

„Ich glaube, du hast beschlossen, dass Wölfe doch ganz okay sind“, lächelte Stacy und kraulte die kleine Hündin. „Lasst uns nach Hause gehen. Du musst dich ausruhen. Und wir auch.“

Der Weg zurück zu dem Loch, das in die Mine hochführte, erschien ihnen viel länger als auf dem Hinweg. Von der Hitze und den Anstrengungen waren alle sehr erschöpft.

Stacy hatte das Wasser aus ihrer Feldflasche ausgetrunken, sodass die Wölfe und die Hündin durstig die kleinen Rinnsale, die von den Höhlenwänden tropften, aufschleckten, während sie Richtung Ausgang stapften. War die Luft auf dem Weg nach unten immer heißer geworden, so fühlte sie sich jetzt im Vergleich zur glühenden Hitze des Magmas kühl an, und Stacy atmete sie dankbar ein.

„Wir sollten das Loch verschließen, wenn wir wieder oben sind“, meinte sie, als sie sich dem Schacht näherten, der sie von der Mine zu der Hündin geführt hatte. „Damit kein anderes Tier in so eine schreckliche Lage gerät wie unser Hündchen hier.“

Alle – auch das Hündchen – warfen ihr einen unmissverständlichen Blick zu. Es bedurfte für Stacy keiner Worte, um das zu verstehen.

„Schon gut, schon gut", sagte sie. „Wir kommen ein andermal wieder. Jetzt sind wir viel zu erledigt, um das auch noch zu schaffen."

Stacy strich Everest über den Kopf. Er würde mehr leiden als die anderen, wenn ihr etwas zustoßen sollte. Die anderen Wölfe hatten ihn, auf den sie sich verlassen und an den sie sich wenden konnten. Aber Everest und Stacy hatten nur sich.

Kurz darauf gelangten sie wieder zum Schacht. Tucker und Basil heulten erleichtert auf, als sie Stacys Stimme und Everests Grollen hörten.

„Du gehst als Erster, Noah", sagte Stacy, und der Wolf schlüpfte in die fertige Seilschlaufe. Dann rief Stacy zu Basil hoch, die den Hebel des Minenwagens herunterdrückte, damit der Flaschenzug sich in Bewegung setzte. Als Noah oben war, warfen sie das Seil wieder herunter.

Als Nächstes kam Addison an die Reihe, danach Wink. Everest bestand darauf, dass er als Letzter hochgezogen wurde, deshalb war Stacy mit der Hündin auf dem Arm die Nächste.

Alle waren erleichtert, als der letzte Wolf endlich wieder oben ankam und das Rudel vollständig war.

„Und die Hündin ist unsere neue Freundin", stellte Stacy vor. „Sie hat noch keinen Namen, aber sie kommt mit uns nach Hause, heute jedenfalls." Sie drückte ihre Nase gegen die der Hündin. „Und solange sie will."

Die Hündin schien zu verstehen. Sie wedelte mit dem Schwanz und sprang zu Stacy in den Minenkarren. Die Fackel war schon lange erloschen, aber die Schienen zeigten ihnen den Weg. Stacy betätigte den Hebel. Aufwärts ging es schwerer als bergab, deshalb schoben Tucker und Basil von hinten, die anderen waren zu erschöpft. Mit jedem Meter wurde die Luft besser und frischer. Bald fing Stacy an zu zittern. Sie konnte es kaum erwarten, sich mit ihren Wölfen schlafen zu legen, eingekuschelt zwischen ihre warmen Pelze.

Aber ihr Bett war noch sehr weit entfernt. Es dauerte lange, bis sie den Eingang der Mine erreichten, und dann mussten sie noch die steile Schlucht hinaufklettern, bevor sie wieder in ihrem Wald waren.

Jetzt, wo die Gefahr vorüber war, spürte Stacy auf einmal jede Schramme und jeden Stoß, die sie sich beim Aufstieg auf den Patrouillenfelsen und bei ihrer Jagd durch die Mine zugezogen hatte. Ihre Augen waren gerötet und brannten vom Schweiß. Und ihre Arme schmerzten, weil die schlafende Hündin darin langsam schwer wurde.

Sie brauchten alle ein Bad in sauberem, kühlem Wasser und mussten sich um ihre Wunden kümmern. Am dringendsten benötigten sie allerdings Schlaf.

Endlich erreichten sie ihren Teil der Taiga. Der Himmel wechselte von Schwarz zu Violett und Grau, als die Sonne aufging. Obwohl es nun heller war, stolperte Stacy mehrere Male. Basil kauerte sich neben sie und forderte sie auf, mit dem Hündchen im Arm auf ihren Rücken zu steigen.

Stacy vergrub ihr Gesicht in Basils Fell und roch den stechenden Schwefelgestank, der sich über sie alle gelegt hatte, als sie so tief in die Mine vorgedrungen waren.

So kamen sie endlich an ihrer Höhle an, und Stacy taumelte von Basils Rücken auf den Boden. Sie versuchte erst gar nicht aufzustehen. Stattdessen legte sie die Hündin ab und lehnte den Kopf an die Wand. Mühsam hielt sie die Augen geöffnet. Ein paar Dinge mussten noch erledigt werden.

Noah schob einen Wassereimer zu Stacy, und sie

trank, bis nichts mehr in ihren Magen passte. Dann, ohne ihre Wunden zu säubern, ohne sich zu versichern, dass alle versorgt waren, und ohne noch einmal nach der Hündin zu sehen, ließ sie sich von Tucker und Everest zu ihrem Schlafplatz bringen. Nur am Rande bekam sie mit, dass die Wölfe sich leise um sie herumkuschelten, dann schlief sie ein.

KAPITEL 8

Stacy träumte von der schrecklichen Hitze in der Mine und hörte im Traum das Schlaflied mit dem richtigen Text, den sie aus ihrer Erinnerung hervorgekramt haben musste. Darin ging es um Schafe und Sterne, Bäumlein und Lämmlein.

Ab und zu fühlte sie, wie die Wölfe sich neben ihr bewegten. Einmal spürte sie, dass Tucker ihre Wunden versorgte und Noah ihre verbrannte Haut wusch und mit Wasser aus dem Fluss kühlte. Zu müde, um sich zu bedanken, dämmerte Stacy wieder weg.

Später versuchte sie, die Augen zu öffnen, als Everest ihr ein Stück Brot zwischen die Zähne schob. Da erst bemerkte sie, wie hungrig sie war. Sie kaute langsam, weil sie so müde war. Nachdem sie ein paar Bissen hinuntergeschluckt hatte, schien Everest zufrieden zu sein, und legte sich wieder neben sie. Stacy vergrub ihr Gesicht in seinem Fell und schirmte so ihre Augen gegen den hellen Sonnenschein ab, der zum Höhleneingang hereinschien.

Kurz wunderte sie sich, dass die Wölfe überhaupt etwas anderes machen konnten außer schlafen, aber sie hatten schon immer mehr Kraftreserven gehabt als sie.

Nachdem einige Zeit vergangen war, bemerkte Stacy langsam wieder die Geräusche um sie herum – Vogelgesang vor der Höhle und das leise, gleichmäßige Atmen ihres Beschützers. Ohne die Augen zu öffnen, wusste sie, dass es Everest war. Sie richtete sich auf und sah sich um. Die Sonne ging bereits wieder unter.

Die anderen Wölfe waren irgendwo im Freien, aber Everest hielt neben ihr Wache.

„Ist das Hündchen noch da?", fragte sie. „Die Kleine ist doch nicht weggelaufen, oder?"

Everest nickte, aber Stacy wusste nicht, welche ihrer Fragen er damit beantwortete.

„Ist sie noch da?", wiederholte sie hoffnungsvoll.

Der Alpha-Wolf nickte wieder. Irgendwie wusste Stacy, dass er die Hündin nicht hätte gehen lassen, bevor Stacy sie noch einmal untersucht hatte.

„Das freut mich sehr." Stacy rieb sich das Gesicht. Ihr Kopf fühlte sich an, als wäre er mit Spinnweben gefüllt. „Ich habe den ganzen Tag geschlafen, oder?", fragte sie ihn.

Everest neigte den Kopf und sah sie bedächtig an.

„Zwei Tage?", fragte Stacy ungläubig.

Der Wolf nickte. Stacy holte tief Luft und bewegte Arme und Beine. „Es geht mir gut", sagte sie. „Ich bin nur ein bisschen steif. Okay, sehr steif." Sie kontrollierte ihre Schrammen, die bereits zu heilen begannen. Ein dunkler blauer Fleck auf ihrem Schienbein tat weh, aber ihre Haut, die sich von der Hitze unter der Erde beim Einschlafen wie verbrannt angefühlt hatte, war kühl. Tucker war wirklich ein sehr guter Pfleger.

Everest schob ihr den Wassereimer zu, und Stacy trank lange. Dann aß sie das restliche Brot. Geduldig wartete Everest, bis sie fertig war, bevor er nach hinten in die Höhle trottete. Als er zurückkam, begleitete ihn die Hündin.

Ihr rot-brauner buschiger Schwanz wedelte wie verrückt hin und her. Die Hündin hüpfte auf Stacys Schoß und schleckte ihr über das Gesicht. Stacy musste lachen.

„Ist ja gut, mein verrücktes Mädchen", grinste sie und kraulte die Hündin.

Es dauerte ein paar Minuten, dann ließ sich die Hündin gemütlich auf Stacys Schoß nieder und legte ihren Kopf auf Stacys Knie. Neugierig sah sie zum Höhleneingang, als wollte sie fragen: Und was machen wir jetzt?

Zu müde für irgendetwas anderes, griff Stacy nach einem Buch auf dem Regal über ihrem Kopf und fing an zu blättern. Bei einem ihrer Lieblingskapitel hielt sie inne. Sie genoss das wohlige Gefühl, zu Hause und in Sicherheit zu sein. Und einen Hund im Schoß liegen zu haben – die Wölfe waren dafür viel zu groß.

Stacy wusste, dass die Hündin furchtlos war, schließlich hatte sie dem wilden Wolfsrudel gegenübergestanden und war über den Magmagraben gesprungen. Und wie sich nun herausstellte, war sie auch schlau, denn sie half Stacy mit der Nase die Seiten umzublättern.

Bevor Stacy noch mehr über die Fähigkeiten der Hündin herausfinden konnte, kamen Wink und Noah in die Höhle. Wink trug einen Eimer mit Stacys Eintopf und

Noah einen Eimer mit Wasser. Hinter ihnen tappten Addison, Basil und Tucker herein.

Sie freuten sich sehr, dass Stacy wach und unverletzt war. Stacy umarmte und dankte jedem Wolf für seine Hilfe bei der Rettungsaktion und dafür, dass sie sich so gut um sie und die Hündin gekümmert hatten.

Dann verteilte sie den Eintopf in die sechs Schalen und hob auch der Hündin ein bisschen auf. Als sieb- ten Futternapf entschied sie sich für einen zerbrochenen

Plastikbehälter, den ein Camper achtlos in den Wald geworfen hatte, weil er in zwei Hälften zerbrochen war.

Menschen. Bei dem Gedanken musste Stacy beinahe knurren. Doch die Geringschätzung der Camper für den Wald kam ihr von Zeit zu Zeit zugute.

Die eine Hälfte des Behälters hatte genau die richtige Größe für einen Hundefressnapf. Stacy füllte den Eintopf hinein und stellte den Napf in die Reihe neben die Schalen der Wölfe.

„Komm her", lockte sie. „Abendessen."

Die Hündin verstand und kam sofort herüber.

Neben ihr kniend beobachtete Stacy sie beim Fressen. Sie wusste nicht, was die Hündin für gewöhnlich fraß, doch diese verschlang den Kürbis-Hühnchen-Eintopf mit zwei, drei Bissen. Stacy war glücklich, dass die Hündin sich so problemlos einfügte und es ihr gut ging.

„Du kannst hierbleiben, solange du willst", sagte Stacy zu ihr und kraulte sie hinter den Ohren. „Aber du brauchst einen Namen."

Die Hündin sah sie mit wedelndem Schwanz an.

„Scarlett?", probierte Stacy einen Namen aus.

Die Hündin schaute unbeeindruckt.

„Du hast recht. Zu niedlich." Stacy überlegte, welche

Namen sie noch kannte. „Ich hab's!", rief sie. „Wir nennen dich Page, das war schon immer einer meiner Lieblingsnamen."

Page schien einverstanden zu sein. Sie sprang hoch und stellte ihre Vorderpfoten auf Stacys Knie.

„Kannst du mich … verstehen?", fragte Stacy ungläubig. Sie beugte sich herunter, um die Hündin zu streicheln, und bekam zum Dank einen schlabberigen Kuss.

„Also dann Page", sagte sie und stellte ihr die Wölfe vor. Einer nach dem anderen presste seine Nase gegen die der Hündin, um Hallo und Willkommen zu sagen.

„So, jetzt gehörst du zu unserem Rudel", verkündete Stacy. „Aber halte dich von den anderen Wölfen fern – den wilden. Bis wir für sie ein besseres Jagdrevier gefunden haben."

Stacy wollte der Hündin noch mehr erzählen, aber plötzlich flog eine Fledermaus an ihrem Kopf vorbei. Ihre Flügel berührten beinahe ihr Haar. Erschrocken zuckte Stacy zusammen. Dann bemerkte sie, dass noch mehr Fledermäuse von den Regalen hinten in der Höhle hingen. Das war seltsam. Sie hatte sich viel Mühe damit gegeben, alle Löcher in den Höhlenwänden mit Lehm zu stopfen, damit sich dort keine Fledermäuse einnisteten. Sie war der festen Überzeugung, dass alle Lebewesen ein Recht darauf hatten, im Wald zu leben – außer Menschen, die jagten, bauten oder zerstörten –, aber Fledermäuse hatten irgendwie die Angewohnheit, sie zu erschrecken. Sie tauchten aus dem Nichts auf und verschwanden auch genauso geräuschlos wieder. Stacy würde niemals laut aussprechen, dass sie ein Tier hasste, das in der Taiga lebte, aber die Fledermäuse hasste sie insgeheim. Sehr sogar.

Das ist komisch … und ärgerlich, dachte sie. Aber bald wird es Nacht, und dann verschwinden sie nach draußen.

Sie wandte sich ab und bemerkte nicht, dass Pages Ohren jedes Mal zuckten, wenn eine Fledermaus vorbeiflog.

KAPITEL 9

Nachdem die Wölfe aufgefressen hatten, machte Stacy sauber und räumte die Schüsseln weg. Dann wandte sie sich an die Tiere, die es sich gemütlich gemacht hatten.

„Okay", sagte sie und rieb sich die Hände. „Ich weiß, dass wir anstrengende Tage hinter uns haben. Aber habt ihr euch inzwischen genug ausgeruht, um wieder Hausarbeiten und Wachen zu übernehmen?"

Wink kam herübergetrottet und legte ihr mit dem traurigsten Gesichtsausdruck, den er zustande brachte, den Kopf auf die Knie. Stacy prustete los. Wenn einer den ganzen Tag gedöst hatte, dann er.

Everest brummelte liebevoll. Er übernahm oft die Verantwortung, wenn eigentlich Wink mit dem Wachehalten dran war. Aber heute war keiner von beiden an der Reihe. Stacy sah in ihr Tagebuch.

„Basil, du bist dran", stellte sie fest. „Schaffst du das?"

Bejahend rieb die Wölfin ihre Nase an Stacys. „Danke", sagte Stacy und kraulte ihr den Rücken. „Bis morgen früh."

Basil lief aus der Höhle. Ein paar Fledermäuse folgten ihr.

„Was ist mit den Fledermäusen los, Everest?", fragte Stacy.

Wenn ein Wolf mit den Schultern zucken könnte, hätte Everest es getan. Ihn störten die Fledermäuse nicht.

„Wenigstens fangen sie die Stechmücken", murmelte Stacy. Dann ging sie zum Wolf-Wähler und drückte den Hebel herunter. Page sah interessiert zu, wie der Tannenzapfen aus dem Holzbecher in das Vogelnest fiel und von dort durch die Bewegung des Rades in die Rindenröhre.

Schließlich landete er vor dem Stift.

„Addison, du bist an der Reihe", sagte Stacy. „Es ist

schon zu dunkel, um noch viel zu machen. Wir füttern nur die Hühner, mit dem Gärtnern warten wir bis morgen."

Addison schnappte sich mit den Zähnen Stacys Beutel und brachte ihn ihr. Sie machten sich auf den Weg zu den Hühnern und Page folgte ihnen. Stacy war erleichtert, dass jemand, vermutlich Noah, die Wassereimer gefüllt hatte. Sie hatte nämlich keine Lust, zur Quelle zu gehen.

Noch bevor sie die Falltür anhob, wusste Stacy, dass etwas nicht stimmte. Es war zu ruhig. Als sie durch den Tunnel auf die Lichtung kam, bestätigte sich ihr Verdacht. Ihr Herz zog sich schmerzhaft zusammen. Überall lagen Federn. Aber kein einziges Küken war zu sehen. Fluff und Crow fehlten auch.

Von den wilden Wölfen gefressen, vermutete Stacy. Sie ließ die Schultern hängen, und Tränen traten ihr in die Augen.

Addison schnupperte tröstend an Stacys Hand. Page sah sich verwundert um und spielte dann mit den Federn. Die Hündin wusste ja nicht, dass die Hühner verschwunden waren und warum.

„Sie haben nur getan, was sie tun müssen, um zu

überleben“, sagte Stacy mit wackliger Stimme. „Ihre Jungen füttern.“

Und dann sah sie es. Hoch oben in einer Fichte saß ihr Huhn. Arme Fluff. Sie musste auf den Ast hochgeflogen sein, in der Hoffnung, dass ihre Küken ihr folgten. Stacy sah zu Fluff hinauf und betrachtete dann den Baumstamm. Dort, zwischen den eng stehenden Bäumen, schimmerte ein goldgelbes Augenpaar. Dusky. Stacy keuchte erschrocken und vertrieb dadurch Dusky, die schnell fortlief. Addison und Page kamen zu der

Fichte, und Stacy kletterte auf Addisons Rücken, um Fluff von dem Ast herunterzuheben. Schweigend trotteten sie dann zurück zu ihrer Höhle.

Jetzt kann ich meine Wölfe nicht mehr füttern, dachte Stacy. Sie kickte in den Staub und wischte sich eine Träne von der Wange. Wie hatte sie nur so sorglos sein können. Sie wusste, dass die wilden Wölfe ihr Jagdrevier ausgeweitet hatten. Warum hatte sie nicht daran gedacht, die Hühner von einem ihrer Wölfe bewachen zu lassen? Everest würde sich selbst verwünschen, weil er ebenfalls nicht daran gedacht hatte.

Noah hatte früher am Tag eine Forelle gefangen. In Blätter gewickelt lag sie auf einem Stein, der aus der Höhlenwand über dem Kaminfeuer ragte. Der Geruch stieg Stacy sofort in die Nase, als sie die Höhle betrat.

„Danke, Noah", sagte sie. „Ich bin so hungrig."

Mit einem breiten, flachen Stock hob sie die Forelle von dem heißen Stein und legte sie auf eine kleine Schieferplatte, die sie als Teller benutzte. Obwohl sie vorhin zu fressen bekommen hatte, sah Page sie bettelnd an. Stacy konnte nicht anders und fing an zu lachen.

„Okay", sagte sie. „Ich teile mit dir. Das ist die Belohnung dafür, dass du noch nicht versucht hast, Fluff zu fressen.“ Die Henne hatte sich hoch oben aufs Bücherregal verzogen.

Als Stacy aufgegessen hatte, legte sie die Gräten zur Seite. In einem ihrer Gartenbücher hatte sie gelesen, dass Knochenmehl ein guter Dünger war, und das hatte sich als wahr herausgestellt. Aber heute hatte sie nicht die Kraft, um in den Garten zurückzugehen. Es war zu traurig.

„Friss die nicht“, warnte sie Page vor den Gräten. „Die bleiben dir sonst im Hals stecken.“

Stacy ging mit Everest auf die Lichtung vor der Höhle. Die Sterne leuchteten. Sie wollte den schönen Abend nicht durch ihre schlechten Nachrichten verderben, aber es ging nicht anders. Widerwillig erzählte sie dem Wolf von dem Hühnergemetzel.

„Noah könnte mehr Fische fangen, und wir könnten sie den Wölfen bringen, damit sie nicht zu den Bauernhöfen gehen“, überlegte Stacy laut, während sie mit Everest über die Lichtung spazierte. „Das wäre aber nur eine Übergangslösung. Das Rudel ist für diesen Teil der Taiga zu groß geworden. Ein paar von ihnen sollten tiefer in den Wald hineinwandern und ein neues Rudel bilden. Aber wie sollen wir sie davon überzeugen? Sie sind eine Familie… Das wäre so, als ob uns jemand sagen würde, dass wir uns trennen müssen. Das würden wir nie machen."

Everest starrte auf den Boden. Seine grauen Augen blickten besorgt.

„Alles wird wieder gut", sagte Stacy und strich ihm über den Kopf. „Wir finden eine Lösung, so wie bei all unseren anderen Tierrettungen."

Doch tief in ihrem Inneren hatte Stacy Angst. Das war keine ihrer üblichen Rettungsaktionen. Ein großes Rudel Wölfe dazu zu bringen, ihr Revier zu verlassen, war etwas ganz anderes, als ein Kaninchen vor dem Ertrinken zu retten oder eine kleine Eule aufzupäppeln. Außerdem wussten die Wölfe gar nicht, dass sie in Gefahr waren.

„Die wilden Wölfe gehören zur Taiga wie alle anderen Tiere auch", sagte Stacy zu Everest, der den Kopf gehoben hatte und sie ansah. „Wir müssen einen Weg finden, auch sie zu beschützen… irgendwie."

KAPITEL 10

In den nächsten Wochen war Stacy ständig auf der Hut und lauschte auf das Geräusch von Gewehrschüssen. Die Jagdsaison hatte noch nicht begonnen, wenn also Schüsse ertönten, bedeutete das, dass die Wolfsprämie beschlossen worden war. Jeden Tag, an dem sie keine Schüsse hörte, ging sie abends erleichtert schlafen.

Page war in der Zwischenzeit ein vollwertiges Mitglied des Rudels geworden. Sie schwamm mit Noah im Fluss, spielte mit Wink und Addison, begleitete Tucker, wenn er mit Wachehalten dran war, und gehorchte Everest und Basil, wenn sie mal zu ungestüm wurde.

„Ich glaube, sie denkt, dass sie ein Wolf ist", sagte Stacy eines Tages zu Everest, als sie Kartoffeln ausgruben. „Kaum zu glauben, dass sie bei unserer ersten Begegnung weggelaufen ist." Stacy hockte sich auf die Fersen und beobachtete Page. Die Hündin spielte bei den Fichten Fangen mit einem Kaninchen. Dem Kaninchen gefiel das Spiel kein bisschen.

„Sie ist keine Jägerin, das ist eindeutig. Wir werden sie bei unseren Rettungsaktionen gut gebrauchen können."

Everest schien ihr zuzustimmen. Als eine Fledermaus vorbeisegelte, hörte er kurz auf zu graben.

Page hielt ebenfalls inne. Stacy kam es so vor, als zuckten ihre Ohren in Richtung der Fledermaus, aber dann spielte sie weiter mit dem Kaninchen. Also entschied Stacy, dass sie es sich nur eingebildet hatte.

Komisch, dass viel mehr Fledermäuse unterwegs sind, seit Page bei uns ist, dachte Stacy den ganzen Rückweg zur Höhle.

Ein paar Tage später bellte Page morgens ganz aufgeregt und hörte nicht mehr auf damit. Sie sprang vor Stacy auf und ab, rannte ein paar Schritte und kam dann zurück.

„Du willst, dass wir mit dir mitkommen, stimmt's?", fragte Stacy.

Die Hündin japste – es klang fast wie „Na endlich!" – und düste los. Einige Fledermäuse flogen vor ihr her.

Page muss sie von ihrem Schlafplatz vertrieben haben, dachte Stacy. Aber sie hatte keine Zeit, sich weiter Gedanken über die Fledermäuse zu machen. Page brauchte die Hilfe des Rudels.

„Komm, Everest. Basil, Tucker, ihr auch", rief sie und rannte der Hündin hinterher. „Alle anderen bleiben in der Nähe, falls wir euch brauchen."

Sie rannten durch den Wald. Es war kurz nach Sonnenaufgang, und Stacy war noch etwas müde. Page sah sich nicht nach ihnen um, sie vertraute darauf, dass die Wölfe ihr folgten. Stacy konnte Pages buschigen Schwanz kaum mit den Augen verfolgen, so schnell sprang die kleine Hündin über Wurzeln, Steine und Pfützen, die vom Regenschauer in der letzten Nacht zurückgeblieben waren.

Nach über einem Kilometer blieb Page plötzlich stehen. Es war sofort klar, was sie ihnen zeigen wollte.

Ein ausgewachsenes Reh war mit Pfeil und Bogen angeschossen worden und lag bewegungslos auf dem

Waldboden. Blitzschnell kniete Stacy sich hin. Falls Menschen in der Nähe waren, durfte sie nicht gesehen werden. Die Wölfe waren ebenso wachsam und vorsichtig wie sie. Menschen konnten schon in guten Zeiten unberechenbar und gefährlich sein. Und dies waren keine guten Zeiten – diese Menschen hier jagten außerhalb der festgelegten Jagdsaison. Offensichtlich waren ihnen Regeln egal.

Everest und Basil stellten sich zur Verteidigung ein paar Schritte rechts und links von Stacy auf. Tucker war zu dem Reh getreten und begutachtete seine Wunden. Stacy drückte ihr Ohr auf die moosige Erde. Sie lauschte angestrengt, hörte aber nichts, das nach Menschen klang.

„Tucker, ist es …" Ihre Stimme verstummte, als sie aufsah und Tuckers Blick begegnete. Er ließ den Kopf hängen, und in seinen Augen glänzte eine Träne im Sonnenlicht. Das Reh war tot. Stacy wusste, dass Wölfe nicht wie Menschen weinten, wenn sie traurig waren. Aber Tucker war ein außergewöhnlich empfindsamer Wolf. Er tat ihr leid, denn sie wusste, dass Tucker litt, wenn sie ein Tier verloren.

Die Tatsache, dass die Menschen, die dafür verantwortlich waren, sich nicht in der Nähe befanden, machte den Tod des Rehs noch schlimmer. Normalerweise gingen Menschen auf die Jagd, um das Fleisch der erlegten Tiere zu essen. So wie die Raubtiere im Wald andere Tiere fraßen. Aber wenn niemand nach dem Reh suchte, dann hatten sie es nur wegen der sportlichen Herausforderung erschossen. Tröstend strich Stacy Tucker über den Rücken, als er vorsichtig den Pfeil aus der Brust des Rehs zog und ihn ihr gab.

Sie brach den Pfeil über dem Knie in der Mitte durch. Falls die Menschen doch noch nach ihrer Jagdbeute suchten, würden sie diesen Pfeil jedenfalls nicht mehr benutzen können. Dann bedeckte sie die Wunde mit Wildblumen. Das war das Einzige, was sie für das Reh tun konnte.

Sie wollte gerade vorschlagen, dass sie sich umsehen sollten, weil das Reh vielleicht ein Kitz bei sich gehabt hatte, als sie aus dem Augenwinkel eine Bewegung wahrnahm.

Dusky schlich langsam auf Stacy zu. Ihre Augen glänzten vor Hunger. Drei große Wölfe erschienen hinter ihr. Stacy sah noch mehr von ihnen zwischen den Bäumen lauern.

Everests Fell sträubte sich. Aber die wilden Wölfe waren nicht hinter Stacy her.

„Sie wollen das Reh", flüsterte Stacy. „Sie können es haben. Wir müssen sowieso nach dem Rehkitz suchen. So früh am Tag müsste es noch in der Nähe sein, falls das Reh überhaupt ein Junges hatte."

Auf einmal fiel Stacy auf, dass Page nicht bei ihnen war. Furcht packte sie. Page sah einem Fuchs so wahnsinnig ähnlich, und Jäger würden nicht zögern, auf einen Fuchs zu schießen. Stacy vertrieb den entsetzlichen Gedanken aus ihrem Kopf und stand auf.

„Basil", flüsterte sie. „Schnell, such nach Page. Tucker, halte Wache, solange die Wölfe fressen. Die Jäger dürfen nicht in die Nähe kommen, wenn sie das Reh suchen." Schon rannte Basil los, und als sie sich zu Everest umwandte, nickte er ihr verstehend zu. Sofort rannte sie hinter Basil her, und Everest folgte ihr auf den Fersen. Stacy musste sich anstrengen, um mit Basil mitzuhalten. Hinter ihr konnte Tucker seine Gefühle nicht länger im Zaum halten. Er hob den Kopf und stieß ein herzzerreißendes Heulen aus, das durch die ganze Taiga hallte. Er warf dem Reh einen letzten traurigen Blick zu, dann stürzten sich die wilden Wölfe darauf.

Sie fanden Page geduldig wartend neben einem Rehkitz, das zwischen den Farnen lag. Eine Fledermaus flatterte um die beiden herum.

Das erste Mal, als Stacy über ein Rehkitz gestolpert war, hatte sie gedacht, dass die Mutter es verlassen hatte. Aber die Wölfe wussten es besser. Stacy hatte gelernt, dass Rehmütter ihre Jungen oft in einem Versteck liegen ließen, wo sie geschützt waren, während sie selbst zum Fressen weggingen.

Neugeborene Rehkitze hatten keinen eigenen Körpergeruch, ein Räuber konnte sie deshalb nicht wittern. Sie waren noch wacklig auf den Beinen und konnten ihrer Mutter nicht folgen, wenn sie fliehen mussten, weil ein Räuber Jagd auf sie machte. Deshalb ließen die Mütter ihre Jungen allein und kehrten nur zum Füttern zurück, bis die Kitze kräftig genug waren, um sie zu begleiten.

Doch die Mutter dieses Rehkitzes würde nie mehr zurückkehren. Stacy und die Wölfe konnten es aber auch nicht aufziehen. Es brauchte die Milch seiner Mutter, um zu überleben. Sie mussten ein anderes Reh finden und darauf hoffen, dass es bereit war, das fremde Rehkitz zu säugen. Basil legte sich neben das Rehkitz. Weiße Punkte sprenkelten seinen goldbraunen Rücken und die Beine. Seine Augen waren kaum geöffnet. Sie durften keine Zeit verlieren, vor allem nicht, weil die wilden Wölfe noch in der Nähe waren. Das Rehkitz war noch so klein. Also hob Stacy es hoch und spürte dabei seinen Herzschlag. Behutsam legte sie es auf Basils Rücken.

„Gut gemacht, Page“, lobte Stacy. „Jetzt müssen wir eine Rehmutter finden, die das Kitz annimmt.“

Wieder hatte Stacy das Gefühl, als ob Page sie verstand. Ihre Ohren drehten sich hin und her, als suchte sie nach einem bestimmten Geräusch. Dann lief sie los und führte sie zu einer Lichtung, die ein paar Hundert Meter entfernt war. Einige Rehe grasten dort, darunter auch eine Rehmutter mit einem Kitz.

„Halt, Basil", sagte Stacy und hob das kleine Kitz vom Rücken der Wölfin. „Ich glaube, den Rehen würde es nicht gefallen, dich zu sehen. Warte hier mit Page und Everest."

Langsam ging Stacy auf die Rehe zu. Sie hielt den Kopf gesenkt und bewegte sich seitwärts, damit sie nicht wie ein Raubtier aussah. Vielleicht hatte die Rehmutter Stacy ja schon einmal im Wald gesehen. Oder Tiere verständigten sich auf eine Art und Weise, die Stacy nicht kannte – jedenfalls wussten die Rehe, dass Stacy keine Bedrohung war. So erlaubte die Rehmutter Stacy näher zu kommen. Vorsichtig setzte Stacy das Rehkitz ab, verbeugte sich vor der Rehmutter und ging zum Rand der Lichtung zurück, wo sich Everest, Basil und Page versteckt hielten.

Stacy drehte sich um und atmete erleichtert auf, als sie sah, dass die Rehmutter das fremde Kitz mit der Zunge sauber leckte. Als sich Stacy und die anderen zurückzogen, warf sie einen letzten Blick durch die Bäume. Das Rehkitz hatte angefangen zu trinken.

„Gehen wir zu Tucker und trösten ihn, damit es ihm wieder besser geht“, sagte Stacy und warf Page einen neugierigen Blick zu. „Außer du weißt noch von einem anderen Tier, dass gerettet werden muss?“

Page, die Stacys belustigten Tonfall offensichtlich nicht verstand, übernahm mit ihrem buschigen Schwanz die Führung.

Woher wusstest du von dem Reh und dem Kitz? Hier läuft etwas Merkwürdiges ab, aber ich werde herausfinden, was es damit auf sich hat.

KAPITEL 11

An diesem Abend, nachdem alle Wölfe wieder sicher in die Höhle zurückgekehrt waren, bereitete Stacy ein besonderes Abendessen zu. Über dem Eintopf der Wölfe schlug sie ein paar von Fluffs frisch gelegten Eiern auf. Ohne Hahn musste Stacy nicht jedes Ei mit einer Kerze durchleuchten, um nachzusehen, ob ein Küken darin wuchs. Sie brauchte bald einen neuen Hahn, aber um dieses Problem musste sie sich an einem anderen Tag kümmern.

Als alle mit dem Essen fertig waren, setzte sie sich an ihren Schreibtisch, um ihre Notizen zu machen.

Sie zeichnete in ihr Tagebuch ein Bild von Page, die neben dem Rehkitz stand. Fledermäuse flatterten um sie herum. Obwohl die Rettungsaktion heute ein großer Erfolg gewesen war, fragte Stacy sich besorgt, was als Nächstes geschehen würde.

Waren die Jäger, die das Reh getötet hatten, auf der Suche nach Wölfen? Oder hatte sich der Dorfrat gegen die Wolfsprämie entschieden? Wir können uns erst entspannen, wenn wir es mit Sicherheit wissen.

Nicht zum ersten Mal fragte Stacy sich, wie sie selbst einer von ihnen sein konnte – ein Mensch. Die Tiere im Wald führten ein perfekt aufeinander abgestimmtes Leben. Und ja, der Tod gehörte auch dazu. Stacy wusste, dass die Natur grausam sein konnte. Tiere töteten andere, um sie zu fressen. Und Menschen töteten Tiere aus demselben Grund, das wusste sie, weil sie ein Mensch war. Sie fischte Lachse aus dem Fluss und schlachtete ihre Hühner. Aber Stacy hielt sich immer an die Gesetze der Taiga. Sie nahm sich nie mehr, als sie brauchte. Die Kraft, die sie durch diese Nahrung bekam, brauchte sie für die Rettungsaktionen. Somit war sie ein Teil der Natur. Aber die Menschen aus dem Dorf, die in die Taiga kamen, waren das nicht. Wie sehr sie es auch versucht hatte, Stacy verstand einfach nicht, was die Menschen zu ihren Taten trieb. Sie hatten ein großes Waldstück gerodet und dort ein Stromkraftwerk gebaut. Tiere, die über das Gelände liefen, erschossen sie, weil sie „ihr“ Land betreten hatten. Sie zelteten im Wald und ließen haufenweise Müll zurück, ohne Rücksicht auf die Tiere, Bäume und Pflanzen. Am schlimmsten war aber, dass sie sich dazu berechtigt fühlten. Als ob der Wald ihnen gehörte und nicht den Wölfen, Rehen, Kaninchen und Fledermäusen.

Der Wald gehört den Tieren, die hier leben, nicht den Menschen, die sich einfach nehmen, was sie wollen, und dann wieder verschwinden.

Pages Verhalten war für Stacy beinahe genauso rätselhaft wie das Verhalten der Menschen. Woher hatte die süße, kleine Hündin von dem Rehkitz und seiner Mutter gewusst? Darüber grübelte Stacy immer noch nach. Sie wusste aus Büchern, dass Hunde einen sehr guten Geruchssinn hatten, aber besser als der ihrer Wölfe war er sicher nicht.

Wie hat Page es geschafft, uns direkt zu dem Reh und dann auch noch zu dem Kitz zu führen?

Sie schrieb den Eintrag zu Ende und klappte das

Tagebuch zu. Immer noch wirbelten ihr Fragen durch den Kopf. Auf dem Weg zum Eingang gab sie Wink ein Zeichen, dass er heute mit dem Wachehalten dran war.

Der Mond kroch gerade über die Baumwipfel. Zwei Fledermäuse sausten aus der Höhle, dicht über Stacys Kopf hinweg und hinaus in die Nacht. Stacy riss schützend die Arme hoch, wirbelte herum und duckte sich.

Warum sind hier so verflucht viele Fledermäuse?, dachte sie und schob ihre Hände vom Gesicht in die Haare, damit es so aussah, als hätte sie nur ihren Pferdeschwanz festziehen müssen. Doch Everest überzeugte sie nicht. Belustigt beobachtete er sie von seinem Platz am Feuer aus.

„Moment mal", sagte Stacy und folgte den Fledermäusen nach draußen auf die kleine Lichtung vor der Höhle. „Die Fledermäuse sind da, seit Page aufgetaucht ist, stimmt's? Page, wo bist du?" Die Hündin stand mitten auf der Lichtung. Ein kleiner Schwarm Fledermäuse flatterte um sie herum. Soweit Stacy es erkennen konnte, sausten dieselben Fledermäuse immer wieder dicht an Page vorbei. Die Ohren der Hündin zuckten hin und her – wie Radioantennen, die nach dem besten Empfang suchten. Sie lauschte!

„Page, kannst du dich mit den Fledermäusen unterhalten?“, fragte Stacy. „Haben sie dir von dem Reh und dem Kitz erzählt?“

Page japste kurz. Das konnte ja oder nein bedeuten. Dann lauschte sie wieder den Fledermäusen.

„Addi!“, rief Stacy. „Bring mir das Buch über Fledermäuse.“

Addison rannte nach hinten in die Höhle, und Stacy folgte ihr schnell, um nach dem richtigen Buch zu suchen. Schließlich fanden sie es ganz hinten in dem

vollgestopften Regal, auf dem Fluff hockte. Stacy blätterte zur richtigen Seite.

„Fledermäuse finden ihre Beute mithilfe von Echoortung", las sie laut vor. „Sie stoßen Schallwellen aus und lauschen auf das Echo, das von Insekten und anderen Dingen widerhallt. Durch die Echoortung können Fledermäuse auch in der dunkelsten Nacht sehen. Die meisten Fledermausarten haben nur schlecht entwickelte Augen. Sie sehen stattdessen mit ihren Ohren."

Die anderen Wölfe hatten sich um Addison und Stacy versammelt und hörten zu.

„Irgendetwas geht hier vor", sagte Stacy. „Es hat mit Page zu tun, und wie sie von dem Rehkitz erfahren hat. Ich glaube, die Fledermäuse haben ihr davon erzählt."

Stacy blätterte weiter, bis sie zu der Stelle kam, wo es um den Nachrichtenaustausch unter Fledermäusen ging.

„Fledermäuse benutzen die Echoortung nicht nur, um Beute zu finden und ihren Flug zu steuern", las Stacy. „Sie benutzen sie auch zur Verständigung. Die Geräusche, die sie machen, sind so hoch, dass Menschen sie nicht hören können. Fledermäuse benutzen die Echoortung die ganze Zeit, um sich mit den Fledermäusen in ihrem Schwarm oder mit anderen Fledermauskolonien zu verständigen. Andere Tiere wie Delfine, Wale und einige Vögel benutzen Echoortung ebenfalls, um zu jagen, sich zu verständigen und zur Navigation."

Sie ließ das Buch sinken und sah die Wölfe an. „Ich glaube, Page gehört auch zu diesen anderen Tieren", sagte sie. „Die meisten Hunde haben diese Fähigkeit nicht, aber Page ist etwas Besonderes. Sie versteht mich –"

Wink unterbrach sie mit einem leisen Jaulen.

Stacy lächelte und kraulte ihn hinter dem Ohr. „Ja, ich weiß, dass ihr mich auch versteht. Ihr seid die alleraußergewöhnlichsten Wölfe auf der ganzen Welt."

Wink nickte zufrieden, und Stacy ging wieder zum Höhleneingang. Sie blieb im Schatten stehen und beobachtete Page und die Fledermäuse. Sie unterhielten sich – da war Stacy sich sicher.

„Page kann mit den Fledermäusen sprechen", sagte sie zu den Wölfen. In ihrem Kopf wirbelten die Gedanken. Sie müssen Page von dem Reh und dem Kitz erzählt haben. Sie können Page von Tieren im ganzen Wald berichten, die unsere Hilfe brauchen. Wir können so noch viel mehr Tiere retten! Und nicht nur in unserem Wald. Fledermäuse können weite Entfernungen fliegen, und sie können sich mit Fledermäusen aus anderen Kolonien in anderen Gebieten verständigen … Unsere Rettungsaktionen weiten sich gerade auf ein viel, viel größeres Gebiet aus!

Die nächsten Tage verliefen ruhig. Stacy beobachtete Page und die Fledermäuse. Mit Berichten aus den Fledermauskolonien erschien die Möglichkeit, Tiere zu retten, auf einmal grenzenlos.

„Wir haben immer nur die Tiere retten können, auf die wir zufällig gestoßen sind“, sagte Stacy zu Everest, während sie im Garten arbeiteten. „Jetzt können uns die Fledermäuse verraten, wo wir wirklich gebraucht werden.“

Die Wölfe waren ihrer neuen großen Aufgabe gewachsen, aber Addison erinnerte Stacy an die praktische Umsetzung. Eines Abends, als sie gerade über die fantastischen neuen Möglichkeiten und all das Gute, das sie in ihrem Wald und darüber hinaus tun konnten, sprach, nahm Addison sich mit den Zähnen ein Buch und ließ es in Stacys Schoß fallen.

„Wandern mit Übernachtung für Anfänger“, las Stacy. „Du hast wie immer recht, Addison. Wenn wir größere Strecken zurücklegen müssen, sollten wir auch darauf vorbereitet sein. Ich packe eine Rettungstasche mit allem, was wir brauchen. Es könnte sein, dass wir zu Rettungsmissionen gerufen werden, die mehrere Tage dauern – oder noch länger."

Die ganze nächste Woche sammelte Stacy die Notfallausrüstung zusammen. Mit Winks Hilfe breitete sie alles auf dem Höhlenboden aus, um es dann gleichmäßig in die Rückentaschen der Wölfe zu packen. Getrocknetes Obst und Dörrfleisch, Wasserflaschen, ein selbst gemachtes Erste-Hilfe-Set, bestehend aus Überbleibseln von Zeltlagern, Wechselkleidung für Stacy, zwei Fackeln, wasserfeste Streichhölzer und zwei dicke selbst geknüpfte Seile. Zuletzt noch eine Plane, die Jäger vergessen hatten. Bei Regen oder Schnee konnte sie Schutz bieten. Stacy stand auf und betrachtete die Ausrüstung stolz.

„Wir sind bereit", verkündete sie Page und den Wölfen. „Her mit den Notfällen!"

KAPITEL 12

Der Frühling ging langsam in den Sommer über. Stacy war davon ausgegangen, dass die Fledermäuse Page mitteilen würden, wenn ein Tier in Not war. Dann fiel ihr aber eine Schwierigkeit auf.

„Page, woher sollen wir wissen, ob eine Rettung einen Tag, ein Wochenende oder eine ganze Woche dauert?“, fragte Stacy die Hündin. „Du kannst uns ja nicht sagen, wo es hingeht.“

Addison hörte zu und hatte eine Idee. Sie lief zum Atlas im Bücherregal.

Stacy betrachtete gern die Landkarten fremder Länder. Besonders mochte sie die Karten, auf denen Wälder, Wüsten oder Berge gekennzeichnet waren. Aber wie der Atlas ihnen bei ihren Rettungsplänen helfen sollte, verstand sie nicht. „In dem Buch gibt es keine Karte von unserem Wald“, wandte sie ein. „Oder falls doch, ist sie viel zu klein und nützt uns nichts.“

Addison saß vor ihr und starrte sie an.

„Was?“, fragte Stacy.

Die Wölfin schob ein Stück Kreide zu Stacy hin.

„Oh, jetzt verstehe ich!“, rief Stacy. „Wir zeichnen unsere eigene Karte, und Page zeigt uns dann, wo wir hinmüssen.“

Addison sprang auf, machte eine Drehung in der Luft und bellte erleichtert. Page machte es ihr nach.

Als Stacy ihre stolzen Gesichter sah, musste sie lachen.

„Okay“, sagte sie und nahm sich verschiedenfarbige Kreidestücke. „Farbe wäre besser, aber mit Kreide geht es auch.“ Addison wollte schon aus der Höhle stürzen, aber Stacy stoppte sie. „Klau im Dorf keine Farbe, Addi“, sagte sie streng. „Das fehlte uns gerade noch, dass dort ein Wolf gesichtet wird.“

Verschämt kam die Wölfin zurück.

Stacy hatte schon oft genug einen Blick vom Patrouillenfelsen auf den Wald und die Umgebung geworfen, um die Karte aus dem Gedächtnis zeichnen zu können. Die Höhle und ihre Lichtung malte sie in die Mitte. Drum herum lagen die Taiga, der Patrouillenfelsen und das Birkenwäldchen, das schreckliche Stromkraftwerk, der Sumpf, die Schlucht, der Eichenwald und der Rest weiter weg.

Everest und Noah setzten sich neben Stacy und bewunderten ihr Werk.

„Gut geworden, oder?", fragte sie. „Das ist unsere Welt."

Addison fügte noch ein paar Einzelheiten hinzu, die Stacy vergessen hatte – den Wasserfall, die Höhle der wilden Wölfe und die Lichtung am Fluss, wo oft Camper zelteten. Stacy kennzeichnete diese Stelle mit einem X. Fernhalten, schrieb sie. Menschen.

Die kluge Wölfin machte nördlich des Sumpfes vor den hohen Bergen ein weiteres X, wo der Wald der Ewigen Finsternis lag.

Everest spannte plötzlich alle Muskeln an und setzte sich auf. Noah sah ihn unbehaglich an.

„Was hat es mit diesem Ort auf sich, Addi?", fragte Stacy. „Wir gehen nie dorthin, aber ich denke, dass es dort für die meisten Menschen sowieso viel zu zerklüftet ist. Irgendwann sollten wir den Wald mal erforschen, oder nicht?“

Natürlich wusste Stacy, warum sie noch nie dort gewesen waren. Die Berge waren steil und karg, und die Bäume wuchsen so dicht, dass sie das ganze Tageslicht verschluckten. Mittags, wenn die Sonne am höchsten stand, war es im Wald so dunkel wie in der Nacht. Und da war noch etwas – die Erinnerung an Brandgeruch, wenn sie an den Wald der Ewigen Finsternis dachte.

Aber wie immer, wenn sie darüber nachgrübelte, verschwand die Erinnerung so schnell wie ein Nebelfetzen im Wind.

Stacy schüttelte den Kopf, wahrscheinlich verwechselte sie nur zwei Erinnerungen. Sie war sich sicher, dass die Wölfe sie deshalb noch nicht dorthin gelassen hatten, weil sie zu klein gewesen war und sich vielleicht gefürchtet hätte. Aber jetzt war sie älter und bereit für das Abenteuer. Es würde einer ihrer spannendsten Ausflüge werden, vermutete Stacy. Durch den Wald zu gehen, ohne auch nur die Hand vor Augen sehen zu können. Sie musste ihre Axt schärfen, um die dichten Ranken zerteilen zu können. Für die Wölfe mit ihren guten Augen und ihrem dicken Fell wäre es nicht so eine Herausforderung.

Sie wartete, ob Addison noch etwas in den Staub auf dem Höhlenboden kratzen würde – etwas, damit Stacy besser verstand, warum sie so eine Abscheu vor dem finsteren Wald hatten. Aber die Wölfin sah sie nur unschuldig an.

„Es ist unheimlich dort, oder?“, gab Stacy nach und kraulte Addison hinter dem Ohr. „Okay, dann halten wir uns eben fern.“

Auf einmal schienen sich alle zu entspannen. Stacy zeichnete noch ein paar kleine Ergänzungen auf die Karte, und es war genug Platz, um sie zu erweitern, falls sie durch Page und die Fledermäuse noch weiter weggeführt werden würden.

Am nächsten Morgen schwärmten die Fledermäuse um Page herum wie damals, als sie das Rehkitz gerettet hatten. Dass Fledermäuse am helllichten Tag herumflogen, war sehr ungewöhnlich. Sie mussten also etwas Wichtiges mitzuteilen haben.

Schnell schnappte Stacy sich ihren Beutel, und Basil und Everest rannten zu den Notfalltaschen. Stacy half ihnen, die Taschen auf dem Rücken zu befestigen. Sie warteten auf Page, die ihnen auf der Karte zeigen sollte, wo sie hinmussten.

Als die Fledermäuse sich beruhigt und wieder gesetzt hatten, deutete Page auf eine Stelle auf der Karte. Sie war nicht weit von ihnen entfernt, aber gefährlich nah am Zeltplatz neben dem Fluss.

„Bestimmt haben die Camper ein Tier in Gefahr gebracht", murmelte Stacy. Sie war ein bisschen enttäuscht, dass die Rettungsmission sie nicht in ein weiter entferntes Gebiet führen würde, aber natürlich würde sie auch diesem Tier hier helfen, denn sie ließ niemals ein Tier im Stich.

Außerdem konnte Noah dann gleich noch Forellen für das Abendessen fangen, wenn sie schon so nah am Fluss waren.

Sie rannten durch die Taiga und das Birkenwäldchen und wurden erst langsamer, als sie das Rauschen des Flusses vor sich hörten. Und nicht nur das. Sie hörten auch Stimmen. Da waren Menschen, so wie Stacy vermutet hatte.

„Everest, Basil, bleibt etwas zurück", flüsterte sie. „Die Menschen dürfen euch nicht sehen, vor allem nicht mit euren Taschen. Das würde nur lauter Fragen aufwerfen."

Stacy kletterte auf einen stämmigen Baum, um einen besseren Blick auf das Flussufer zu erhaschen, und erspähte dabei einen Mann und eine Frau. Die Frau hatte lange schwarze Haare und braune Haut. Sie war nur etwa eine Handbreit größer als Stacy, trug ein braunes Top und eine beige kurze Hose, außerdem Wanderstiefel. Der Mann war größer. Er hatte hellbraunes gewelltes Haar und schien einen leichten Sonnenbrand zu haben. Er trug ein Hemd und Jeans. Seine Haare waren feucht, wahrscheinlich hatte er im Fluss gebadet, und er hatte Rasierschaum auf den Wangen. Schuhe trug er keine. Die beiden jagten ein Stinktier.

Stacy schüttelte angewidert den Kopf. Geschieht euch recht, wenn ihr angesprüht werdet. Dann erkannte sie, warum sie das verängstigte Tier jagten – sein Kopf steckte in einem Plastikbehälter. Es würde sterben, wenn niemand es befreite.

Sie erspähte auch noch sechs Stinktierjunge, die in einer Senke am nördlichen Rand der Lichtung kauerten. „Ein Wurf Stinktierbabys", wisperte sie. Das Wort kannte sie aus einem ihrer Tierbücher. Sie waren zu jung, um allein zu überleben. Die Stinktiermutter und ihre Jungen konnten sterben, und alles nur, weil ein paar Menschen gedankenlos ihren Müll wegwarfen.

Wie nennt man viele Menschen auf einmal? Sie hoffte, es war ein schreckliches Wort. Vielleicht eine Rotte, wie eine Rotte räudiger Köter? Oder etwas ähnlich Unfreundliches? Eine Horde dämlicher Hammel? Das würde jedenfalls passen.

Nachdem sie wieder an dem Baumstamm heruntergerutscht war, kauerte sie sich zwischen die Wölfe. „Ein Stinktier ist in Schwierigkeiten", flüsterte sie. „Aber zwei Menschen sind im Weg. Wir müssen warten und hoffen, dass es ihnen entkommt. Mal sehen –“

Sie hatte kaum zu Ende gesprochen, als Page losrannte – direkt auf den Zeltplatz zu.

Unmittelbar darauf hörte Stacy die Stimme der Frau.

„Hey, Kleiner! Wo kommst du denn her? Hast du dich verlaufen?“

Oh nein, dachte Stacy. Die Menschen haben Page!

KAPITEL 13

Stacy konnte es nicht fassen. Warum war Page zu den Menschen gelaufen? Das Letzte, was sie gebrauchen konnte, waren Menschen, die alles durcheinanderbrachten. Die beiden hatten dem Stinktier schon genug angetan. Was, wenn sie Page einfingen?

„Versteckt euch", flüsterte Stacy Everest und den anderen zu. „Damit sie euch nicht sehen."

Leise zogen die Wölfe sich zurück und versteckten sich hinter Bäumen und unter Büschen. Ihr Fell, in unterschiedlichen Schattierungen von Grau und Weiß, verschmolz mit den Baumstämmen der Birken. Sogar

Stacy hatte Mühe, sie zu sehen, obwohl sie wusste, dass sie da waren. Everest blieb in der Nähe. Bereit, Stacy zu beschützen, falls es nötig war. Die anderen waren nun etwas weiter entfernt, aber in Rufweite.

Leise kletterte Stacy wieder auf den Baum, um herauszufinden, was mit Page geschah. *Ist Page zu den Menschen gerannt, damit die beiden sie nach Hause bringen? Vermisst sie die Familie, bei der sie gelebt hat? Oder hat sie sie vergessen, so wie ich meine?*

Stacy blinzelte zwischen den Blättern hindurch. Page rannte um das Stinktier herum und zwang es, sich näher und näher in Richtung der Menschen zu bewegen. Trotz ihrer Angst um Page musste Stacy grinsen, als die Frau und Page einen Satz machten, um nicht von dem Sprühsaft des Tiers getroffen zu werden. Doch das Stinktier konnte wegen des Plastikbehälters rund um seine Schnauze nichts sehen und traf sie nicht.

Der Mann nutzte die Gelegenheit und näherte sich dem Stinktier von vorn. Er hockte sich vor das Tier und packte es mit einer Hand am Rücken.

Stacy wollte schreien. *Tu ihm nicht weh! Es beschützt nur sich und seine Jungen! Euer Müll ist das Problem!*

Doch sie biss sich auf die Lippe, sah zu und wartete.

Was hatte sie erwartet? Sie wusste es selbst nicht. Dass der Mann das Stinktier schlug? Dass er es in den Fluss schleuderte oder gegen einen Baum? Menschen waren launisch. Das wusste sie mit Sicherheit. Aber dieser Mensch überraschte sie. Er hielt das zappelnde Stinktier mit einer Hand fest und griff mit der anderen nach dem Plastikbehälter. Er zog daran, bis das Ding sich mit einem Plopp! löste.

Der Mann kippte hintenüber und landete unsanft auf seinem Hinterteil. Einen Augenblick war das Stinktier wie erstarrt. Selbst aus der Entfernung konnte Stacy sehen, dass es schnell und flach atmete und versuchte, wieder zu sich zu kommen. Sie hielt die Luft an. Die Frau und Page entfernten sich langsam von dem Tier.

Der Mann bewegte sich nicht, vielleicht konnte er nicht. Nach ein paar sehr langen Sekunden drehte sich das verängstigte Stinktier um und rannte davon. Vorher hob es aber noch den Schwanz und spritzte dem Mann mitten ins Gesicht. Stacy hätte laut gelacht, wenn sie sich nicht solche Sorgen um Page gemacht hätte.

Genau das tat aber die Frau. Sie lachte und lachte so sehr, dass sie auf die Knie fiel. Der Mann griff nach einer Wasserflasche und schüttete den Inhalt über sein

Gesicht. Dann zog er sein Hemd aus, rannte zum Fluss und sprang hinein.

„Wasser reicht nicht, um den Gestank wieder loszuwerden!", rief ihm die Frau hinterher und warf ihm ein Stück Seife zu. „Deine Klamotten musst du verbrennen."

Der Mann tauchte. Als er wieder an die Oberfläche kam, spuckte er einen Wasserstrahl zwischen den Zähnen aus. „Bäh, ich kann es sogar schmecken", rief er und spritzte mit einem Schwung Wasser nach der Frau.

Diese sprang kreischend zur Seite und setzte sich ein paar Meter von der Spritzzone entfernt hin.

„Wenigstens hast du es von dem Plastikding befreit", sagte die Frau. „Sonst wäre das arme Tier verhungert."

Der Mann schüttelte den Kopf. „Wenn nicht irgendwelche Dummköpfe ihren Müll zurückgelassen hätten, wäre das gar nicht passiert."

Was, ihr wart das gar nicht?, dachte Stacy. Sie war sich so sicher gewesen, dass diese Leute schuld waren. Es überraschte sie, dass die beiden von anderen Menschen, die ihren Müll achtlos wegwarfen, ebenso wenig hielten wie sie selbst.

Vielleicht gibt es doch ein paar anständige Menschen. Ich will trotzdem nicht, dass sie in meinen Teil des Waldes kommen. Und ganz bestimmt will ich nicht, dass sie meinen Hund behalten.

Es war, als hätte die Frau ihre Gedanken gehört.

„Was machen wir jetzt mit dem Kleinen hier?“, fragte sie und legte einen Arm um Page. Sie kraulte den Bauch der Hündin. „Äh, ich meine, der Kleinen.“

Sie hat eine Familie!, dachte Stacy. Lasst sie einfach gehen.

Das würden doch die meisten Menschen machen, egal ob der Hund zahm oder wild war. Aber diese Menschen waren anders. Sie schienen sich aufrichtig um Tiere zu sorgen.

„Wir könnten sie mit ins Dorf nehmen“, meinte der Mann. Er war immer noch im Wasser und seifte sich und seine Kleider ein.

Stacy wusste aus Erfahrung, dass man den Gestank mit Seife nicht wegbekam. Er würde mindestens noch ein paar Tage an ihm haften. Die Kleider würden noch länger brauchen. Aber wenn man sie wusch, in Kiefernnadeln wälzte und wieder wusch und sie dann in der Sonne trocknete, würden sie den stechenden Geruch verlieren. „Vielleicht weiß dort jemand, wem sie gehört“, fügte er hinzu.

„Vielleicht gehört sie uns", sagte die Frau und kraulte Page hinter den Ohren. „Sie ist klug. Und sie mag mich."

„Du kannst nicht jeden Streuner retten, der dir über den Weg läuft", schmunzelte der Mann.

„Sagt der Mann, der angespritzt wurde, als er ein Stinktier rettete", gab die Frau zurück.

Der Mann versuchte, sie wieder nass zu spritzen, aber sie saß zu weit weg.

Stacy beobachtete, wie Page zum Rand der Lichtung trottete. Ihr musste klar sein, dass ihre Arbeit getan war: Das Stinktier war gerettet, der Mann stieg aus dem Fluss, und die Frau hatte mit dem Kraulen aufgehört.

Beinahe lautlos glitt Stacy an dem Baumstamm hinunter. Sie bedeutete Everest, sich still zu verhalten, kauerte sich an den Rand der Lichtung und wartete auf die Hündin. *Wir verschwinden, bevor die Frau mich noch sieht.*

„Hierher! Hierher!", rief die Frau Page zu. Sie rannte zu ihrer Camping-Ausrüstung und griff nach einem Müsliriegel. „Futter! Willst du ein Leckerli?"

Stacy sah, dass Page sich über die Lippen schleckte. Die Hündin drehte um und rannte zu der Frau.

Nein, Page! Stacy schüttelte den Kopf. Sie wusste,

dass Page der süßen Leckerei nach Wochen mit nichts als Kürbis- und Fischeintopf nicht widerstehen konnte.

Während Page den Müsliriegel gierig verschlang, bemerkte Stacy, dass die Frau aus ihrem Gürtel eine Leine band. Wo sind die Fledermäuse, wenn ich sie brauche? Sie könnten Page vor der Leine warnen.

Einer plötzlichen Eingebung folgend, stieß Stacy einen Pfiff aus. Sie hoffte, dass die Hündin ihn hörte und zu ihr kam. Pages Ohren zuckten, aber es war zu spät. Die Frau hatte ihr die Leine über den Kopf gestülpt. Page wehrte sich, aber die Frau ließ sie nicht los. Sie war gefangen.

Panik erfasste Stacy. Sie wusste nicht, was sie tun sollte, durfte Page aber auch nicht verlieren. Sie war ihr Hund, hatte einen Platz im Rudel gefunden und in ihrem Herzen eingenommen.

Stacy holte tief Luft und trat auf die Lichtung. Sie erinnerte sich nicht, ob sie jemals zuvor mit einem Menschen gesprochen hatte, aber sie hatte keine Wahl.

„Hallo“, sagte sie mit zitternder Stimme. „Das ist mein Hund.“

KAPITEL 14

Die Frau begrüßte Stacy mit einem breiten Grinsen. „Ah, sie ist eine tolle Hündin! Wie heißt sie?“

„Page“, antwortete Stacy. „Und sie ist sehr schlau, sie kann sogar die Seiten in einem Buch umblättern.“ Ihre Stimme klang seltsam, krächzend und hohl. Sie sprach die ganze Zeit mit den Wölfen, aber niemals mit Menschen. Plötzlich machte der Klang ihrer Stimme sie verlegen.

„Dann liest deine Hündin gern?“, fragte der Mann lachend. Er war endlich mit dem Waschen fertig und kletterte die Böschung hoch. Seine Hose triefte, er hatte jetzt Flipflops an. Seine nassen Haare standen spitz in alle Richtungen ab.

Die Frau lachte ebenfalls. „Hör nicht auf ihn. Er macht gern Scherze. Ich empfehle dir außerdem, dich nicht in seinen Windschatten zu stellen. Er wurde gerade von einem Stinktier angespritzt."

Stacy versuchte zu lächeln, aber nach der Reaktion der Frau zu urteilen, gelang ihr das wohl nicht besonders gut. Wahrscheinlich gucke ich wie ein verängstigtes Reh. Wenn ich doch nur auch wie ein Reh weglaufen könnte.

Aus dem Augenwinkel sah sie Everest, der sich langsam dem Rand der Lichtung näherte. Sie hob unauffällig die Hand, um ihm zu bedeuten, dass alles in Ordnung war.

„Ich vermute, du bist diejenige, die gern liest?", fragte die Frau.

Stacy nickte.

„Und wie heißt dein Lieblingsbuch?"

Stacy wollte einfach nur mit Page verschwinden, aber die Frau hielt immer noch die Leine fest.

„Lieblingsbuch?", fragte Stacy.

„Ja, was liest du gern?"

Ihre Gedanken waren wie gelähmt, und der Titel ihres

Lieblingsbuchs war wie aus ihrem Gedächtnis gelöscht. „*Die Insel der blauen Delfine*“, antwortete sie schließlich. Sie machte ein paar Schritte vorwärts und streckte die Hand nach Page aus.

„Oh, stimmt, ich erinnere mich, das habe ich auch geliebt, als ich so alt war wie du“, sagte die Frau. „In welche Klasse gehst du?“

„Klasse?“

„In der Schule.“

In Stacys Kopf rasten die Gedanken. Sie hatte keine Ahnung, in welche Klasse Zwölfjährige normalerweise gingen. Sie wusste nur, dass Schüler jedes Jahr in die nächste Klasse kamen. Aber ob aufwärts- oder abwärtsgezählt wurde, wusste sie nicht. Da fiel ihr etwas ein, über das sie in einem Zeitungsartikel gelesen hatte. „Ich werde zu Hause unterrichtet“, sagte sie.

Der Mann kam zu ihnen herüber, er stank immer noch nach Stinktier.

„Bäh!“ Die Frau wedelte mit der Hand unter ihrer Nase. „Zieh dich schnell um.“

Der Mann grinste und ging in das Zelt.

Stacy streckte wieder die Hand nach der Hündin aus. Page jaulte und wedelte mit dem Schwanz.

„Also, ich sollte jetzt –“

Aber die Frau hatte noch mehr Fragen. „Kommst du aus dem Dorf? Oder zeltest du auch?“

Unbestimmt deutete Stacy in eine Richtung. „Da hinten“, sagte sie.

„Komisch“, sagte die Frau. „Gestern sind wir da drüben rumgestiefelt und haben Müll aufgesammelt, aber andere Camper haben wir nicht gesehen.“

Stacy spürte, wie ihr Gesicht ganz heiß wurde. Sie hatte in Büchern gelesen, dass Menschen rot wurden. Fühlte sich das etwa so an? Würde die Frau sehen, dass sie log?

„Ähm, wir sind gerade erst angekommen. Und Page ist sofort losgerannt“, behauptete Stacy. „Sie haben Müll gesammelt?“

Die Frau zuckte mit den Schultern. Der Mann kam in neuen Klamotten aus dem Zelt, die stinkenden hielt er weit von sich gestreckt. Stacy betrachtete sie. Die Hose war viel zu groß für sie selbst, aber sie könnte die Hosenbeine abschneiden und eine Ranke durch die Gürtelschlaufen ziehen, um die Hose hochzuhalten. Das Hemd wäre auch nicht schlecht. Aber er warf beides in die Feuerstelle. Das Feuer brannte noch nicht, aber alles war schon dafür vorbereitet.

Wahrscheinlich verbrennt er die Sachen, bevor einer der Wölfe zurückkommen und sie holen kann. Zu schade.

„Wir kommen mehrmals im Jahr hierher, um Müll zu sammeln. Das ist unser persönlicher Beitrag gegen die Umweltverschmutzung“, erklärte der Mann. „Aber jetzt mit der Wolfsprämie –“

Stacys Herz krampfte sich zusammen. „Sie haben sie tatsächlich durchgesetzt?“, unterbrach sie ihn. Sie versuchte, nicht zu panisch zu klingen, aber ihr Herz, das sowieso schon raste, schlug nun noch schneller.

„Das haben sie, und es ist schrecklich“, sagte der Mann. „Die Wölfe tun nur, was für ihr Überleben nötig ist.“

„Die Wolfsprämie gilt also schon?“, fragte Stacy und schluckte.

„In ein paar Tagen tritt sie in Kraft“, erklärte die Frau. „Jetzt musst du dir deswegen noch keine Sorgen machen. Aber wenn du später im Jahr im Wald sein solltest, dann schon. Trage Kleidung in leuchtenden Farben und halte Ausschau nach Jägern.“

„Das werde ich“, nickte Stacy. In ihrem Kopf rasten die Gedanken. Mich kann ich in Sicherheit bringen, aber was ist mit meinen Wölfen? Wir müssen in Deckung gehen. SOFORT!

„Laut Stadtrat soll es geschützte Zonen zum Zelten geben, aber das wird schwer durchzusetzen sein. Die Bauern sind entschlossen, so viele Wölfe wie möglich zu erschießen“, fügte der Mann hinzu. „Wir zelten schon seit Jahren hier in der Gegend und sind noch nie einem Wolf begegnet. Normalerweise haben sie Angst vor Menschen.“

„Es ist so schön hier“, fuhr die Frau fort. „Wir haben diesen Flecken entdeckt, als wir letztes Jahr im Dorf waren, um gegen das Stromkraftwerk zu demonstrieren. Die meisten Camper lassen einfach ihren Müll liegen. Jedes Mal, wenn wir herkommen, füllen wir drei bis vier Säcke mit Abfall und nehmen sie später mit.“

Stacy wollte nichts anderes als Page schnappen und weglaufen – die Wölfe vor der drohenden Gefahr warnen und mit ihnen in ihrem Versteck untertauchen. Aber das Paar und seine Müllsammelaktion interessierten sie. Ein paar Minuten konnte sie sich wohl noch mit ihnen unterhalten. „Wow“, sagte Stacy. „Ich wusste nicht, dass Menschen so etwas machen.“

Der Mann legte den Kopf schief und sah sie grinsend

an. „Menschen? Bist du eine von uns, oder gehörst du zu einer anderen Spezies?"

Oh, Mist. Ich glaube, Menschen bezeichnen sich gegenseitig nicht als Menschen. Um ihren Fehler zu überspielen, versuchte sie die beiden abzulenken. „Sie haben gegen das Stromkraftwerk protestiert?"

„Wir waren jedes Wochenende im Dorf. Sechs Monate lang", erzählte der Mann. „Viele Leute waren auf unserer Seite, aber am Ende haben die Energiefirmen gewonnen und der Wald verloren."

Stacy nickte. „Es ist total hässlich. Viele Tiere mussten ihr Zuhause verlassen."

„Es wird noch viel schlimmer, wenn die Investoren ihren Willen bekommen", sagte er.

„Was?", fragte Stacy. „Welche Investoren?"

„Eine große Baufirma will eine Luxus-Hotelanlage bauen – mit Golfplatz, Pools und Wellness-Einrichtungen, Jagd- und Angelhütten. Was auch immer, sie wollen es bauen", berichtete er weiter.

„Aber was ist mit dem Wald?", fragte Stacy kläglich.

„Sie wollen die ganze Gegend für sich haben – die Taiga, den Birkenwald, den Fluss –, und auf den Hügeln sollen Skipisten entstehen", erzählte die Frau.

„Das dürfen sie nicht!“, rief Stacy. Am liebsten hätte sie geschrien. Das ist mein Zuhause. Das ist das Zuhause meiner Wölfe. Aber das ging nicht. Plötzlich hatte Stacy das Gefühl, ihr ganzes Blut wäre ihr in den Kopf geschossen. In ihren Ohren dröhnte es. Es war so laut, dass sie sich fragte, ob die Menschen es hören konnten. Plötzlich wurde ihr schwindelig.

Sie stürzte auf die Knie. Ich werde mein Zuhause verlieren.

KAPITEL 15

„Alles in Ordnung?“ Die Frau führte Stacy zu einem Klappstuhl. „Es sah aus, als wärst du kurz ohnmächtig geworden.“

Stacy nahm ein paar tiefe Atemzüge. Ein und aus, ermahnte sie sich. Ein und aus. „Alles okay“, sagte sie. „Ich wusste nur nicht –“

„Du musst die Gegend hier sehr lieben“, unterbrach die Frau sie mitfühlend. „Wahrscheinlich kommst du schon her, seit du ein kleines Kind warst.“

„Vielleicht passiert auch gar nichts“, meinte der Mann tröstend. „Wir kämpfen gegen die Pläne, viele Menschen unterstützen uns. Gierige Geschäftsleute dürfen nicht unseren ganzen Planeten zerstören."

„Du machst doch mit, oder?", fragte die Frau Stacy lächelnd. „Ihr lasst euren Zeltplatz so unberührt zurück, wie er vorher war, ja? Und nehmt euren ganzen Müll mit."

Stacy hätte über die Vorstellung, dass sie und die Wölfe den Wald verschmutzen, gelacht, wenn sie nicht solche Angst wegen der Wolfsprämie und der Baupläne gehabt hätte. „Natürlich", sagte sie. „Ich gehe mit Page jetzt besser."

„Sie sollte ein Halsband tragen", sagte die Frau. „Mit deinen Kontaktdaten, falls sie wieder einmal wegläuft."

„Ich … wir haben eins, aber es ist zu Hause", log Stacy.

Die Frau nahm Page die Leine ab, und die Hündin sprang schwanzwedelnd zu Stacy.

„Du kannst gern heute Abend mit deinen Eltern vorbeikommen", sagte der Mann. „Wir wollen Lagerfeuerkekse machen. Wir haben eine Menge dabei."

„Lagerfeuerkekse?"

„Oh, du meine Güte. Kennst du etwa keine Lagerfeuerkekse?", fragte die Frau.

Verwirrt sah Stacy sie an.

„Butterkekse, die mit Schokolade und geschmolzenen Marshmallows wie ein Sandwich zusammengepappt werden", erklärte die Frau. „Die sind so lecker, dass man gar nicht mehr aufhören kann zu essen. Du musst mit deinen Eltern kommen und einen probieren."

Stacy zögerte. Sie konnte doch nicht Ja sagen und dann ohne ihre erschwindelten Eltern auftauchen.

Die Frau schien Stacys Zögern anders zu deuten. „Ich heiße übrigens Miriam", sagte sie und streckte Stacy die Hand hin.

Stacy wusste zuerst nicht, was sie tun sollte. Beinahe wäre sie zurückgewichen. Dann erinnerte sie sich an Bilder von Politikern in der Zeitung, die sich gegenseitig die Hand schüttelten. Sie wischte sich die Hand an der Hose ab und streckte sie aus.

„Und das ist Jack“, stellte die Frau vor und zeigte auf den Mann, der vermutlich ihr Freund oder Ehemann war.

Er kam näher, um Stacy ebenfalls die Hand zu schütteln, aber Miriam scheuchte ihn weg. „Halte dich fern, bis du mindestens noch einmal gebadet hast. Oder zweimal.“

Er legte die Hände wie einen Trichter um den Mund und tat so, als ob er aus großer Entfernung rufen würde. „Wir würden uns freuen, wenn du mit deinen Eltern zum Kekseessen kommst!“, rief er.

Stacy lächelte. Diese Menschen sind ganz anders, als ich erwartet habe. Sie sind nett. Und sie kämpfen für den Wald.

Plötzlich wünschte Stacy sich, mit ihnen am Lagerfeuer zu sitzen und über den Kampf gegen Wolfsprämien, Stromkraftwerke und Baupläne, die aus dem Wald einen Spielplatz machen würden, zu sprechen. Und dabei diese merkwürdigen Sandwichkekse mit – was war da noch mal drin? – Schokolade und Matschmallows zu essen. Aber sie würden zu viele Fragen über ihre Eltern stellen, den Zeltplatz und warum sie sich allein im Wald herumtrieb.

„Ich würde ja gern“, sagte Stacy. „Aber wenn ich mit Page zurück bin, packen wir zusammen.“

„Aber ich dachte, ihr seid eben erst angekommen“, wunderte Jack sich und runzelte die Stirn. „Hast du das nicht gesagt?“

Hatte sie? Stacy spürte, wie ihr wieder heiß im Gesicht wurde. Sie hatte vergessen, dass sie behauptet hatte, eben erst angereist zu sein. „Ich … äh … wir … haben nur eine Wanderung gemacht“, stammelte sie. „Heute Abend müssen wir wieder zu Hause sein.“

Die Frau betrachtete sie aufmerksam, und Stacy bekam Panik.

„Ich muss jetzt zurück. Sie machen sich sonst Sorgen“, sagte sie.

„Okay, schön, dich kennengelernt zu haben“, sagte Miriam.

„Tschüss“, rief Stacy. „Komm, Page.“ Sie drehte sich um und zwang sich langsam zu gehen. Die Art, wie

Miriam sie ansah, machte Stacy nervös. Als wüsste die Frau, dass keine menschliche Familie auf Stacy wartete. Sie konnte nur weitergehen, aber sie fürchtete, dass die Frau trotzdem argwöhnisch wurde.

„He, warte!“, rief Jack.

Stacy rannte los.

„Du hast uns deinen Namen nicht verraten.“

„Stacy!“, rief sie über ihre Schulter.

„Tschüss, Stacy!“

Dicht gefolgt von Page erreichte Stacy den Rand der Lichtung. Sie trat aus dem hellen Sonnenschein in den Schatten der Bäume und musste blinzeln. Everest war da und wartete auf sie. Nachdem sie sich versichert hatte, dass Miriam und Jack sie nicht mehr sehen konnten, hockte sie sich hin und streichelte ihn und die anderen Wölfe. Nur langsam fand ihr rasendes Herz wieder zu seinem normalen Rhythmus. Sie wusste nicht warum, aber sie wollte unbedingt wissen, was Miriam und Jack über sie redeten. Stacy umrundete die Lichtung, versteckte sich hinter Bäumen und im Dickicht, bis sie in Hörweite des Pärchens war.

Die zwei Menschen waren immer noch mitten auf der Lichtung, in der Nähe der Feuerstelle.

„Da stimmt etwas nicht“, sagte Miriam gerade. „Aber sie wollte es uns nicht sagen. Warum wandert sie allein durch den Wald? Sie sah aus, als hätte sie lange nicht gebadet.“

„Sie war nicht allein. Ihr Hund war bei ihr. Ich bin sicher, dass ihre Eltern in der Nähe sind.“

„Nicht so nah, dass sie uns hören können“, sagte Miriam. „Wir könnten Entführer sein. Sie war außerdem so seltsam verlegen. Und hast du gesehen, wie sehr sie sich erschreckt hat, als du von dem Bauvorhaben erzählt hast?“

Jack schüttelte den Kopf. „Sie liebt den Wald eben so wie wir. Für sie sind wir zwei Fremde, mitten in der Wildnis. Und dann hatten wir auch noch ihren Hund. Wenn dir das passiert wäre, hättest du dich auch unbehaglich gefühlt. Außerdem wird sie zu Hause unterrichtet. Vielleicht unterhält sie sich nicht so oft mit anderen Erwachsenen außer mit ihren Eltern.“

„Ich weiß nicht“, meinte Miriam. „Ich habe ein ungutes Gefühl. Vielleicht sollten wir nach ihr suchen. Nachschauen, ob da wirklich Eltern sind. Ich möchte sicher sein, dass sich jemand um sie kümmert.“

Stacys Herz begann wieder schneller zu schlagen. Das

Erste, was Menschen tun werden, wenn sie mich finden, ist, mich meiner Wolfsfamilie wegzunehmen. Sie würden mich zwingen, meine Familie im Wald zurückzulassen. Falls es dann überhaupt noch einen Wald gibt.

Jack schüttelte den Kopf. „Natürlich hat sie Eltern, Miriam, was redest du denn da? Für mich sah sie sauber aus. Und sie war freundlich. Sie liest gern. Sie ist ein ganz normales Mädchen, das bei Fremden vorsichtig ist, das ist alles. Das Einzige, was an ihr komisch war, ist, dass sie noch nie von Lagerfeuerkeksen gehört hat. Das darf doch einfach nicht wahr sein."

Miriam biss sich auf die Lippe und kümmerte sich weiter um das Feuer, sie schien Jacks Erklärung akzeptiert zu haben.

Stacy kroch rückwärts von der Lichtung weg. Sie war verwirrt, denn sie hatte widersprüchliche Gefühle. Einerseits war sie froh, dass das Paar entschieden hatte, nicht nach ihren erfundenen Eltern zu suchen. Aber es war ihr etwas peinlich, dass Miriam sie sonderbar fand. Und sie war auch stolz, weil sie, obwohl sie sich unwohl gefühlt hatte und verlegen gewesen war, ihre erste Begegnung mit Menschen gut gemeistert hatte. Also die erste nach sehr langer Zeit. Außerdem hatte sie Page zurückgeholt. Was sie am meisten verwirrte, war aber, dass sie sich irgendwie danach sehnte, mehr Zeit mit dem Pärchen zu verbringen. Und zwar nicht, weil sie die Kekse probieren und über die Baupläne sprechen wollte, sondern weil sie den beiden gern beim Sprechen zuhörte. Es gefiel ihr, dass sie gegen das Stromkraftwerk protestiert und ihr von der Wolfsprämie berichtet hatten. Ihr gefiel auch, dass die beiden Tiere liebten, sogar Stinktiere. Und dass sie den Müll aufsammelten, den andere hinterlassen hatten. Sie mochte sie. Und das war wirklich verwirrend, denn bis jetzt war Stacy sich sicher gewesen, dass sie andere Menschen keinesfalls mögen könnte.

Doch das Gefühl, das größer war als alles andere – größer als die Erleichterung, dass sie Page zurückhatte, oder die Verwunderung, dass es ihr Spaß machte, sich mit Menschen zu unterhalten –, war Angst. Pure Angst. Der Stadtrat hatte für die Wolfsprämie gestimmt, und das bedeutete, dass in ein paar Tagen Jäger in den Wald kommen würden, um Wölfe zu töten. Und nicht nur die wilden Wölfe, die die Schafe der Bauern rissen … ihre Wölfe. Jeden Moment konnte nun ein Jäger einen ihrer Wölfe erschießen.

KAPITEL 16

„Wir müssen uns verstecken, bis es vorbei ist."

Stacy war mit Page und den Wölfen zurück in der Höhle und erzählte ihnen von der Wolfsprämie.

„Also wir haben uns ja immer schon versteckt", erklärte sie. „Aber dieses Mal ist es sehr ernst. Alles westlich der Höhle ist verbotenes Gebiet, okay? Es ist zu nah am Dorf. Wahrscheinlich wird es ein paar geschützte Stellen für Camper geben, wo Jäger nicht hindürfen. Aber im restlichen Wald dürfen sie sich frei bewegen – und sie wollen Wölfe finden."

Stacy stand mit Everest und Basil am Höhleneingang

und sah auf Wink, Addison, Tucker und Noah hinab. Page saß zu ihren Füßen.

„Sie wollen euch töten“, stieß Stacy hervor. Sie hasste es, mit den Wölfen so schroff zu sprechen, aber es stand zu viel auf dem Spiel. „Niemand verlässt tagsüber die Höhle, habt ihr verstanden?“

Stacys Wölfe waren hauptsächlich dämmerungsaktiv wie alle normalen Wölfe. Das bedeutete, dass sie bei Sonnenaufgang und Sonnenuntergang am aktivsten waren. Doch Stacys Rudel hatte seine innere Uhr an Stacys Schlafbedürfnisse angepasst. Wegen der Wolfsprämie mussten sie ihr Verhalten nun erneut ändern.

„Wir holen unser Essen nachts, in Zweierteams“, fuhr Stacy fort. „Everest, du gehst mit Tucker. Basil, du mit Addison. Und Wink und Noah. Page, du gehst mit mir.“

Die Wölfe standen auf und stellten sich paarweise auf. Stacy konnte sehen, dass sie unzufrieden waren. Zu dieser Zeit des Jahres unternahmen sie sonst lange Streifzüge, sammelten Brombeeren, spielten Fangen und machten Wasserschlachten im Fluss. Nichts davon war nun noch erlaubt.

„Es wird ein harter Sommer", warnte Stacy sie. „Und noch etwas", fügte sie hinzu und sah Page an. „Alle Tierrettungen sind bis auf Weiteres gestrichen."

Die nächsten zwei Wochen hielten sie sich an Stacys Plan. Tagsüber und während der Dämmerung blieb das Rudel in der Höhle. Nur nachts besorgten sie Nahrung. Es war ungewohnt für Stacy, dass alle sechs Wölfe sich zum Schlafen um sie herumkuschelten. Aber sie war auch froh, dass sie sich keine Sorgen machen musste, weil einer allein Wache auf dem Patrouillenfelsen hielt.

Die langen Tage in der Höhle wurden von Schüssen unterbrochen. Stacy zuckte jedes Mal zusammen, wenn sie einen Schuss hörte, und machte eine Notiz in ihr Tagebuch. Sie hatte nun viel freie Zeit und steckte sie in eine aufwendige Schnitzarbeit: eine wunderschöne Truhe. Gerade als sie wieder einmal dabei war, das Holz für den Deckel der Truhe abzuschmirgeln, hallte ein Schuss durch den Wald.

„Sieben", zählte sie bedrückt, stand auf und ging zu ihrem Schreibtisch.

Stacy überlegte, wie viele Kugeln ihr Ziel wohl getroffen hatten. Sosehr sie sich auch wünschte, dass alle vorbeiflogen, sie wusste doch, dass das nicht sehr wahrscheinlich war. Duskys Rudel wurde kleiner, und es gab nichts, was Stacy und ihre Wölfe dagegen tun konnten.

„Ich brauche frische Luft", sagte Stacy zu den anderen. Sie stand auf, nahm sich ein Buch und ihren Beutel und ging zum Höhleneingang. Sie spürte, dass sie weinen musste, und wollte nicht, dass die Wölfe es sahen. Aber Everest hielt sie auf.

„Keine Angst", sagte sie, umarmte ihn kurz und zeigte ihm das Buch. „Ich gehe nur ein bisschen nach Pilzen suchen. In dem Kochbuch steht, dass sie mit Rührei lecker schmecken."

Der Wolf schüttelte den Kopf.

„Mich will niemand erschießen", beruhigte Stacy ihn. „Nach euch suchen sie. Außerdem glaube ich, dass ich mich aus einer zufälligen Unterhaltung mit Menschen herausreden kann. Ich habe doch mit Jack und Miriam geübt."

Bevor Everest sie wieder stoppen konnte, schob sie die Falltür zur Seite, die sie vom Gemüsegarten hierhergebracht hatten, um den Höhleneingang zum Teil zu verdecken. Stacy hatte mehr Angst davor, dass Jäger ihre Wölfe entdeckten als ihren Gemüsegarten. Deshalb hatte sie mit den beiden stärksten Wölfen, Everest und

Noah, die Tür aus Zweigen zur Höhle geschafft und aufrecht vor den Eingang gestellt.

Draußen lief sie um die großen runden Felsbrocken herum, die sie vor den Eingang gerollt hatten.

„Ich bin höchstens eine Stunde weg“, flüsterte sie Richtung Höhle. Sie sagte es nicht zu einem einzelnen Wolf, denn sie wusste, dass alle gut genug hörten, um sie zu verstehen. „Falls ich länger weg bin, kommt nicht nach mir suchen. Mir passiert schon nichts.“

Stacy lief eine Weile Richtung Süden. Es war heiß und sonnig. Ab und zu drehte sie sich um. Hoffentlich war kein Wolf verrückt genug, ihr zu folgen. Dann wandte sie sich nach rechts und lief nach Westen, auf das Dorf zu. Nach was sie Ausschau hielt, wusste sie nicht so genau. Sie wollte einfach sehen, was in der Taiga geschehen war, seit sie sich in ihr Versteck verkrochen hatten. Tränen rannen ihr über die Wangen. Sie musste an Duskys Rudel denken. Kein Tier sollte sterben, nur weil es sich so benimmt, wie es die Natur bestimmt hat. Warum denken Menschen, dass ihnen der Wald gehört, nur weil sie Waffen haben und –

Ihre Gedanken wurden von einem gelb leuchtenden Gestell unterbrochen, das plötzlich vor ihr stand. Es

hatte drei Beine und war etwa so groß wie sie. Darauf war eine Art Teleskop geschraubt, aber es gab keine Teleskopröhre. Stacy hatte keine Ahnung, für was es benutzt wurde oder wer es hier aufgestellt hatte. Sie betrachtete es genauer.

> THEODOLIT 86 – 100:
> IM BESITZ DES LANDVERMESSUNGSAMTS
> NICHT BEWEGEN

Sie verstand nicht alle Worte, und nichts um sie herum verriet ihr, warum dieses merkwürdige Gestell in der Taiga aufgebaut worden war.

„Jim, ich gehe zum östlichen Punkt zurück, in der Nähe des geplanten Golf-Shops."

Stacy wirbelte herum. Ein Mann in einer orangefarbenen Weste kam auf sie zu. Zum Glück hatte er den Kopf von ihr abgewandt, weil er nach Jim rief, wer auch immer das war. Diesen Sekundenbruchteil nutzte Stacy und hechtete hinter die dickste Fichte.

Von welchem Golf-Shop spricht er?, wunderte sie sich in ihrem Versteck. Der Mann ging zu dem dreibeinigen Gestell und blickte durch das Teleskopding. Plötzlich verstand sie es. Die Männer arbeiteten für das geplante Bauvorhaben und maßen die Taiga aus, als gehörte sie ihnen. Stacy musste sich zusammenreißen, um nicht hinter dem Baum hervorzustürzen und das Gestell umzuwerfen. Zwar wusste sie immer noch nicht, was dieser Theodolit war, aber wenn er den Männern bei ihrem Plan half, die Hotelanlage zu bauen, dann würde sie nichts unversucht lassen, um das Ding aus Versehen zu zerstören.

Statt zu bleiben und immer wütender zu werden,

machte Stacy auf dem Absatz kehrt und ging zur Höhle zurück. Ihr Spaziergang hatte das Gegenteil von dem bewirkt, was sie beabsichtigt hatte. Statt Antworten zu finden, ihre Gedanken zu sortieren und mit dem Schicksal der wilden Wölfe fertigzuwerden, herrschte in Stacys Kopf noch mehr Verwirrung und Schmerz. Auch wenn die Jagd auf die Wölfe irgendwann vorbei ist, gibt es nun diese neue Bedrohung für unser Zuhause. Und was, wenn Miriam und Jack erfolglos gegen die Baupläne protestieren? Was würde mit ihr und den Wölfen geschehen, wenn für die Bauarbeiten der Wald gerodet wurde? Mussten sie die Taiga für immer verlassen? Wohin sollten sie gehen?

Everest wartete an der Tür auf Stacys Rückkehr. Er sprang auf, und Erleichterung erhellte sein Gesicht, als sie die Höhle betrat.

„Ich habe doch gesagt, dass ich nicht lange wegbleibe", sagte Stacy, gab ihm einen Klapps und legte ihren Beutel ab. Der Wolf schnüffelte daran und sah sie fragend an.

„Oh, ähm", stammelte Stacy. „Ich habe keine Pilze gefunden … also keine, die man essen kann. Die Kaninchen müssen alle in der Nähe abgeknabbert haben."

Es war das erste Mal, dass sie Everest anflunkerte, und sie fühlte sich schrecklich dabei.

Während des Abendessens sah Stacy sich in der Höhle um, und ihr fiel direkt auf, dass die Stimmung auf dem Tiefpunkt war. Everest war besorgt, vermutlich weil er spürte, wie besorgt Stacy war, obwohl sie es zu verstecken versuchte. Noah war erschöpft, weil er jede Nacht Fische für das Rudel fangen musste. Er schlief während des Essens immer wieder ein, und sein Kopf sank in seine Futterschale. Wenn er zu tief im Fischeintopf landete, riss er erschrocken den Kopf wieder hoch. Basil fiel die Decke auf den Kopf, weil sie nicht wie sonst im Freien herumlaufen konnte. Addison und Tucker litten darunter, dass sie nicht mehr auf Rettungsmissionen gingen, und Tucker reagierte besonders empfindlich auf die Schüsse, die sie hörten. Er war von allen der empfindsamste Wolf. Der Gedanke, dass andere Tiere gejagt wurden, machte ihm am meisten aus. Und Wink, nun ja, ihm war hauptsächlich langweilig. Deshalb entschied Stacy ein besonderes Buch hervorzuholen, dass Addison ihr vor ein paar Monaten gebracht hatte. Stacy hatte es für einen stürmischen, regnerischen Tag aufgehoben, wenn sie nicht nach draußen konnten. Doch in letzter Zeit hatte es solche Tage nicht gegeben. Es hatte seit Wochen nicht geregnet, was für den Sommer in der Taiga ungewöhnlich war. Regen hin oder her, sie konnten jedenfalls nicht raus. Heute war also genau der richtige Zeitpunkt, um dem Rudel das Buch vorzulesen.

Es handelte von einem Jungen, der auf eine Zauberschule ging, und den Wölfen schien die Geschichte gut zu gefallen. Außer Noah, denn der war sofort eingeschlafen, als sie sich zusammengekuschelt hatten.

Sie las gerade das Kapitel über einen Troll, als sie von den Fledermäusen unterbrochen wurde, die aufgeregt in die Höhle schwirrten. Stacy versuchte, nicht auf sie zu achten, aber sie bildeten einen Kreis um Page, deren Ohren hektisch zuckten, um alle Signale zu verstehen. Plötzlich sprang Page auf und zog Stacy an den Schnürsenkeln zur Landkarte.

„Ich weiß, dass es dunkel draußen ist, Page, aber wir können es trotzdem nicht riskieren", sagte Stacy. Vor ein paar Wochen hatte sie ein Schuss mitten in der Nacht geweckt. Stacy erkannte, dass es auch nachts nicht sicher für sie war, und hatte daher ihre nächtlichen Ausflüge auf das Notwendigste beschränkt. Nur alle paar Tage gingen sie gemeinsam zum Fluss, damit Noah fischen konnte. Die anderen Wölfe bildeten dabei einen schützenden Kreis um ihn. Erst letzte Nacht waren sie dort gewesen, heute Nacht würden sie in der Höhle bleiben.

Page schien das egal zu sein. Sie zog noch stärker an Stacys Schnürsenkeln. Um ihr einen Gefallen zu tun, ging Stacy zur Karte. Sie hatte nicht die Absicht, mit den Wölfen zu einer Rettungsmission aufzubrechen. Vermutlich hatten die Fledermäuse Page nur mitgeteilt, dass sich ein Jäger einem der wilden Wölfe näherte. Die Hündin konnte sie, ohne es zu wissen, direkt in seine Schusslinie führen, und dieses Risiko würde Stacy nicht eingehen. Als sie sah, worauf Page deutete, hob sie dennoch erstaunt die Augenbrauen.

„Der Wald der Ewigen Finsternis?“, fragte Stacy. Sie sah Page an, die wild mit dem Schwanz wedelte. Da ist es total zugewuchert. Nicht so wie in der Taiga. Man kann kaum zwei Schritte machen, ohne klettern zu müssen oder sich durch Rankengestrüpp zu kämpfen. Jäger gehen da nicht hin. „Da ist ein Tier, das unsere Hilfe braucht?“

Page nickte.

Stacy erwog alle Möglichkeiten. Ein Tier brauchte Hilfe, in einer Gegend, die Jäger mieden. In einem

Waldstück, das sie selbst kaum kannte und in dem ihre Wölfe endlich mal wieder ihre Beine benutzen konnten.

„Nehmt eure Sachen“, sagte Stacy laut. „Wir gehen auf eine Rettungsmission.“

KAPITEL 17

Everest, Basil mit Stacy auf dem Rücken, Addison und Tucker rannten hinter Page und den Fledermäusen durch den Wald. Der Mond schien nicht, und es war stockfinster. Gut, dass Stacy auf Basil ritt. Die Wölfin hatte keine Probleme, den Weg durch den dunklen Wald zu finden. Wink war nicht begeistert gewesen, als Stacy ihm gesagt hatte, dass er bei Noah in der Höhle bleiben musste. Noah schlief immer noch tief und fest, als die anderen aufbrachen. Aber Regeln waren Regeln, und sie war froh, dass Noah sich ausruhen konnte.

Sie folgten dem Fluss nach Norden Richtung Wasserfall, als Page und die Fledermäuse plötzlich stoppten. Vier Fledermäuse flatterten aufgeregt vor den Gesichtern der Wölfe, um sie zum Anhalten zu bringen. Eine fünfte bedeutete Stacy, ihr zu folgen.

„Ich glaube, die Fledermaus will mir etwas zeigen", meinte Stacy zögerlich. „Wartet hier, ich gehe nicht weit weg."

Sie stieg von Basils Rücken und war erst wenige Meter gegangen, als sie es sah: eine Falle aus Stahl. Sie lag auf dem Boden und war mit Kiefernnadeln bedeckt, damit man sie kaum erkennen konnte. Brauchen die Menschen aus dem Dorf die Prämie wirklich so dringend? Wut kochte in ihr hoch. Eine Falle aufzustellen, war grausamer, als mit Gewehren auf die Jagd zu gehen. Auch das war schrecklich, ging aber wenigstens schnell. Mit der Falle würde der Wolf einen viel qualvolleren Tod erleiden. Entweder würde er durch die Verletzung so viel Blut verlieren, dass er daran starb, er würde verdursten, oder die Wunde würde sich entzünden. Wundbrand würde sich im ganzen Körper ausbreiten und das Tier nach ein paar Tagen dahinraffen. Der Wolf würde in jedem Fall sehr leiden. Wenn sich überhaupt ein Wolf in der Falle verfing. Jedes andere Taiga-Tier konnte ebenfalls in die Falle geraten.

Stacy griff in ihren Beutel und holte einen Apfel heraus.

„Geh zurück“, sagte sie zu der Fledermaus. „Äh … flieg zurück.“

Die Fledermaus entfernte sich ein Stück. Stacy vergewisserte sich, dass ihre Wölfe und Page auch wirklich weit genug entfernt waren, dann warf sie den Apfel mitten in die Falle. KRACK! Sie schnappte zu, und Stacy schauderte bei dem Gedanken, was passiert wäre, wenn es ein Tier und nicht der Apfel gewesen wäre.

Sie kletterte wieder auf Basils Rücken, und alle zogen schnell weiter. Obwohl Stacy wusste, dass es eher unwahrscheinlich war, dass ein Jäger nachts im Wald umherlief, sehnte sie das sichere Dickicht des Waldes der Ewigen Finsternis herbei. Das Rudel rannte durch den nördlichen Teil der Taiga Richtung Sumpf. Abgesehen von ein paar Trinkpausen waren sie nun bereits seit ungefähr drei Stunden unterwegs, schätzte Stacy. Inzwischen waren sie im Sumpfgebiet, aber es roch nicht wie sonst nach faulen Eiern. Auch wenn der Geruch eklig war, bedeutete er doch, dass der Sumpf gesund war. Der fehlende Gestank war kein gutes Zeichen. Sie strengte ihre Augen an, um den Boden zu erkennen, der unter Basils Pfoten schnell dahinsauste. Er war trocken. Die schleimigen Pfützen, die sonst überall waren, fehlten.

Ich hoffe, dass es bald mal ordentlich regnet, dachte Stacy. Der Wald braucht dringend Wasser.

Page und die Fledermäuse wandten sich nach links, wo der Sumpf in die bewaldeten Hügel überging, die unterhalb der schneebedeckten Berge lagen. Hinter ihnen im Osten ging die Sonne auf. Vor ihnen schluckten dunkle, dichte Bäume jedes Licht: der Wald der Ewigen Finsternis. Plötzlich nahm Stacy einen Schatten links von sich wahr. Es war Everest, der Basil und Page überholte. Basil, Addison und Tucker wurden langsamer, als hätte man es ihnen befohlen. Stacy beobachtete, wie Everest vor Page eine Kehrtwende machte und ihr den Weg abschnitt. Er nickte auch den Fledermäusen zu, damit sie nicht weiterflogen. Die Hündin wollte sich um Everest herummogeln, aber der große Wolf verhinderte dies. Page trottete zu Stacy zurück und winselte.

„Warum halten wir an?“, fragte Stacy und sprang von Basils Rücken.

Sie hatte so etwas erwartet. Nicht umsonst hatte

Addison ein X an der Stelle des Waldes auf die Karte gemacht. Stacy fragte sich seither, warum der Wald ihren Wölfen Angst machte.

„Hört zu“, sagte sie. „Da drin ist ein Tier, das unsere Hilfe braucht.“

Basil ging nervös auf und ab. Addison starrte Everest aus weit aufgerissenen Augen an. Der wiederum sah Page eindringlich an, als wollte er ihr etwas mitteilen, das Stacy nicht erfahren sollte. Tucker schubste Stacy sanft vom Waldrand weg.

Lauert dort wirklich eine Gefahr, von der ich nichts weiß? Oder wollen sie den Wald nur nicht betreten, weil wir ihn noch nie ausgekundschaftet haben?

„Ich glaube nicht, dass es dort drinnen etwas gibt, das wir zusammen nicht bewältigen können“, versuchte Stacy die Wölfe zu überzeugen. „Wir sind so weit gelaufen, wir dürfen jetzt nicht aufgeben. Everest, du könntest doch gemeinsam mit Page vorangehen. Und wenn du irgendeine Gefahr witterst – auch wenn es nur eine Blume ist, die du gruselig findest – dann folgen wir dir und verschwinden wieder aus dem Wald.“

Das schien Everest zufriedenzustellen. Er nickte Addison, Basil und Tucker zu und erlaubte Page dann, den Wald zu betreten, allerdings blieb er ihr dicht auf den Fersen. Stacy zitterte ein wenig. Eine schwierige Aufgabe lag vor ihnen. Es war ihre Entscheidung gewesen, zu dieser Rettungsaktion aufzubrechen, aber jetzt, da sie hier waren, erschien ihr der Wald unvorstellbar abschreckend. Wenn nicht ein Tier in großer Not wäre, dann wäre sie sofort umgekehrt und in die entgegengesetzte Richtung gerannt. Als hätten sie ihre Gedanken gelesen, zogen sich die fünf Fledermäuse in die Dämmerung zurück. Stacy und ihr Rudel waren nun auf sich allein gestellt.

Wie ein Dach breiteten die Bäume ihre Äste über ihnen aus. Alle Anzeichen des beginnenden Tages verschwanden. Es hätte auch Mitternacht sein können, so dunkel war es. Stacy zündete eine Fackel an. Plötzlich umkreiste Page ein neuer Schwarm Fledermäuse. Na klar, dachte Stacy. Das müssen die Fledermäuse sein, die unseren ein Signal geschickt haben. Zum Glück haben sie uns gefunden. Sonst würden wir ziellos durch die Finsternis stolpern.

Pages Ohren zuckten hin und her und sammelten alle Informationen. Basil ließ Stacy wieder auf ihren Rücken steigen, und Addison rannte nach vorne und nahm die

Führungsposition ein. Everest begab sich seltsamerweise auf Stacys linke Seite, und Tucker lief neben ihm.

Komisch. Normalerweise beschützen sie mich von beiden Seiten.

Die Wölfe warfen sich nervöse Blicke zu.

Schon wieder, dachte Stacy. Diese Unruhe. Was ist hier los? Lauert im Westen eine Gefahr?

Die Luft wurde kühler, und Stacy war froh, dass sie sich an Basils warmes Fell schmiegen konnte. Wie sie erwartet hatte, war der Untergrund steil und steinig, und es war schwierig, zwischen den Bäumen durchzukommen.

Die Fledermäuse flogen voran. Addison sprang über Wurzeln und Felsen. So stiegen sie höher und höher in den Wald hinauf. Obwohl es Morgen war, war es so dunkel wie in der tiefsten Nacht – ohne Mond und Sterne. Die Fackel erleuchtete nur einen kleinen Umkreis, bevor das Licht von den Bäumen und den Ranken, die sich um Äste und Stämme wanden, direkt wieder geschluckt wurde. Als die Fackel erlosch, zündete Stacy keine neue an. Die Fledermäuse fanden den Weg mithilfe ihrer Echoortung, und die Wölfe konnten im Dunkeln gut sehen. Sie selbst musste nicht sehen, wohin sie liefen, sie vertraute den Tieren.

Everest und Tucker sorgten dafür, dass sie die ganze Zeit östlich von Addisons X blieben. Wenn sie trotzdem einen kleinen Umweg nach Westen machen mussten, um einem Felsbrocken auszuweichen, wuchs ihre Anspannung spürbar.

Nach etwa einer Stunde waren alle erschöpft. Stacys Gesicht war von Zweigen zerkratzt, die immer wieder wie aus dem Nichts auftauchten. Sie ruhten sich einen Moment lang aus. Tucker kümmerte sich um Stacys Kratzer und sah nach, ob sich jemand schlimmer verletzt hatte. Dann drängten die Fledermäuse sie weiter.

Es ging stetig bergauf. Die Dunkelheit nahm nicht ab. Nun waren schon vier Stunden vergangen, seit sie ihre gemütliche Höhle verlassen hatten. Wie lange noch?

Und dann hörte sie es: ein schwaches unheimliches Grunzen.

„Wir sind fast da“, sagte Stacy. „Ich höre ein Tier.“

Das Geräusch verlieh ihnen neue Kraft. Entschlossen stürzte sich das Rudel in ein Dickicht aus Eichen mit tief hängenden Ästen und Ranken. Stacy nahm ihre kleine Axt und hieb nach dem Gestrüpp vor ihnen. Die Äste und Ranken schienen beinahe lebendig zu sein, so wie sie sich ihnen in den Weg drängten. Stacy hätte schwören können, dass sich ein Ast bewegt hatte. Sie blinzelte. Da rührte sich tatsächlich etwas. Direkt vor ihr. Vier braune stämmige Zweige hatten sich bewegt. Da begriff Stacy, was sie vor sich hatte. Das waren Beine. Von oben ertönte ein Schnauben. Sie sah hoch und keuchte entsetzt.

Dort, das Geweih in den Ranken verheddert, stand ein Elch und starrte sie an.

KAPITEL 18

Stacy starrte zu dem verängstigten Elch hoch. Sein Geweih war noch mit samtiger Haut bedeckt und hatte auf jeder Seite nur zwei Geweihspitzen.

„Du bist ein Jährling“, flüsterte sie. „Alles wird gut. Wir tun dir nichts. Wir sind hier, um dir zu helfen.“

Der Elch bewegte sich ein bisschen. Panik schimmerte in seinen Augen. Sein Grunzen wurde lauter und drängender. Die Wölfe drückten sich flach an den Boden, um ihm zu verstehen zu geben, dass sie ihn nicht angreifen würden.

„Sie tun dir nichts“, sagte Stacy und legte dem Elch

ihre Hand auf die Seite. Sie spürte seine Knochen. „Wie lange hast du nicht mehr gefressen?“, fragte sie.

Sie goss Wasser in ihre Hand und hielt sie dem Elch unter die Nase. Sein Geweih war so fest in den Ranken verheddert, dass der Arme noch nicht mal den Kopf senken konnte, um zu trinken oder zu fressen. Er leckte jeden Tropfen Wasser auf und schleckte auf der Suche nach mehr auch an Stacys Arm.

„Ich will gar nicht wissen, in welche Schwierigkeiten ich mich bringen würde, wenn ich so ein Geweih auf dem Kopf hätte“, sagte Stacy mitfühlend zu dem Elch.

Es brauchte nicht mehr, als dem Elch Wasser zu geben, und schon hatte Stacy sein Vertrauen gewonnen. Auch den Wölfen vertraute er. Er hörte auf, vor Angst zu grunzen, und stand ganz still, als ob er verstanden hätte, dass sie ihn retten würden.

Obwohl er erst etwas älter als ein Jahr sein konnte, überragte er Stacy. Sie musste sich auf Basils Rücken stellen und die Fackel weit nach oben halten, um zu erkennen, wie er sich verfangen hatte. Bei dem Versuch, sich zu befreien, hatte der Elch sich noch viel mehr verheddert. Es würde eine Weile dauern, die dichten Ranken zu zertrennen.

Vorsichtig kletterte Stacy auf den Rücken des Elchs und holte das Jagdmesser in der Lederhülle aus ihrem Beutel. Doch ein Blick auf die Ranken genügte, um ihr zu verraten, dass es Stunden dauern würde, bis sie alle durchtrennt hätte. Sie brauchte ein zweites Paar Hände oder Zähne.

„Ich kümmere mich um die Ranken am Geweih", sagte Stacy zu den anderen. „Addison und Tucker, könnt ihr ein paar durchbeißen? Vielleicht können wir auch welche aufknoten."

Mit einer losen Ranke band sie die Fackel an einen Ast über dem Kopf des Elchs und machte sich an die Arbeit. Addison und Tucker begannen an den Ranken zu nagen.

Plötzlich hörte Stacy in der Ferne ein knirschendes Geräusch. Es wurde mit jeder Sekunde lauter. Sie sah auf. „Everest, was ist –" Auf einmal tauchte ein zweiter Elch auf. Er stürmte durch das Dickicht und kam direkt auf Stacy zu. Er war größer als der, den Stacy retten wollte. Allerdings hatte er kein Geweih, deshalb konnte er sich einen Weg durch den Wald bahnen, ohne sich zu verfangen. Ist das sein Bruder? Oder, schlimmer, seine Mutter?

„Zurück!", rief Stacy den Wölfen und Page zu. Basil, Addison, Tucker und die Hündin sprangen aus dem Weg, aber Everest rannte zu Stacy und stellte sich dem schnell herankommenden Elch direkt in den Weg. „Everest, nein!"

Stacy machte sich auf den Zusammenstoß gefasst. Doch der Elch blieb Zentimeter vor dem großen Wolf stehen, schnaubte wild und wich dann zurück.

„Gleich stürmt sie wieder los!", rief Stacy. „Sie weiß nicht, dass wir helfen wollen. Basil, Everest, ihr müsst sie ablenken. Alle anderen … NAGEN!"

Everest und Basil sprangen vor und schnappten nach den Beinen der Elchmutter, damit sie nicht angriff. Es war nicht die freundlichste Art, sie aufzuhalten, aber es funktionierte. So konnten Stacy und die anderen den jungen Elch weiter befreien.

Page lag auf dem Rücken des Elchs und zernagte die Ranken, die sich um den Schaft des Geweihs geschlungen hatten. Addison kauerte auf einem Ast in Höhe seiner Schulter und entknotete Ranken. Tucker nagte rund um die Hufe und leckte gleichzeitig die Wunden, die sich der Elch bei seinem Kampf gegen die Schlingpflanzen zugezogen hatte.

Die Ranken waren dick und hart, und Stacys Hand verkrampfte sich vor Anstrengung. Nach ein paar Minuten hatten sie die dicksten Gewächse zertrennt. Stacy rupfte und zerrte an ihnen.

Schließlich wickelte sich nur noch eine kleine Ranke um die untere linke Geweihhälfte. „Die lasse ich", sagte Stacy zu dem Elch. „Ich will dich nicht aus Versehen schneiden. Im Winter wirfst du dein Geweih sowieso ab. Die Ranke wird dir nicht mehr wehtun."

Der Elch neigte den Kopf und sah sie verständnislos an.

„Du bist frei", sagte Stacy und rieb sich ihre verkrampften Finger.

Das große Tier blinzelte überrascht und schüttelte den Kopf. Plötzlich begriff er, dass er sich wieder bewegen konnte. Sofort senkte er den Kopf und fing an zu fressen. Stacy schwang ihr Bein über seinen Hals und sprang zu Boden. Everest und Basil traten einen Schritt von der Elchkuh zurück. Dann gingen die zwei Elche aufeinander zu und verschwanden gemeinsam im dichten Wald. Erschöpft lehnte Stacy sich an Basil und winkte die anderen heran.

„Danke, euch allen", sagte sie und gähnte. „Ihr wart toll." Für einen Moment schloss sie die Augen und fragte sich, ob sie die Kraft für den langen Rückweg hatte. Sie war so müde, dass ihr schwindelig wurde. Obwohl sie noch wach war, fing sie schon an zu träumen.

„Ich weiß, dieser Wald ist nicht besonders schön“, sagte sie. „Aber ich denke, wir sollten uns ein paar Stunden ausruhen, bevor wir nach Hause gehen.“

Die anderen waren ebenso müde wie sie. Everest und Tucker blieben trotzdem wach und stellten sich wie eine Mauer hinter ihr auf, als sie sich neben Basil legte. Das Letzte, was Stacy bemerkte, bevor sie einschlief, war Addisons Blick. Die Wölfin starrte nach Westen, als ob sie von dort etwas erwarten würde.

Im Wald war es so dunkel, dass Stacy beim Aufwachen nicht wusste, wie lange sie geschlafen hatte, ob es Tag oder Nacht war. Sie wurde als Letzte wach. Everest und Addison standen vor ihr und hielten ihr die Wasserflasche und eine Handvoll, oder eher eine Pfotevoll, Heidelbeeren hin. Die Elche waren noch in der Nähe, Stacy konnte sie fressen hören. Everest stupste Stacy an, damit sie aufstand.

„Ihr habt es wohl eilig“, sagte sie zu den Wölfen, dann trank sie und stopfte sich die Beeren in den Mund. „In Ordnung. Gehen wir.“

Der Weg bergab war leichter, fühlte sich aber länger an. Obwohl es im Wald dunkel war, wusste Stacy, dass es Morgen sein musste. Sie machte sich Sorgen, weil sie bei Tageslicht in ihre Höhle zurückkehren würden. Was, wenn Jäger in der Nähe sind, die es auf die Prämie abgesehen haben? Vielleicht sollten wir warten, bis es Nacht wird? Sie hatten gerade fast den Waldrand erreicht, als ein Schwarm Fledermäuse auftauchte und um Page herumschwirrte.

Wir haben nicht genug Kraft, um jetzt gleich auf die nächste Rettungsmission zu gehen, dachte Stacy.

Die Fledermäuse flogen wieder fort. Page machte ein paar aufgeregte Gesten, und die Wölfe schienen sie zu verstehen. Wie auf Kommando rannten plötzlich alle gleichzeitig in Richtung Taiga los. Basil kam zurück und bat Stacy mit gesenktem Kopf, auf ihren Rücken zu steigen.

„Was ist los?", rief Stacy. Aber dann sah sie es. Da vorn war Licht! Der Stand der Sonne verriet ihr, dass es später Vormittag war. „Da ist Tageslicht!" Doch ihre Stimme blieb ihr im Hals stecken, als sie aus den Bäumen brachen und die Taiga sahen – weit weg hinter dem Sumpf. Die Entfernung war zu groß, um den Patrouillenfelsen und ihre Höhle zu erkennen, aber nicht zu groß, um den dichten Rauch zu sehen, der über den Baumwipfeln lag.

„FEUER!“

KAPITEL 19

Jegliche Müdigkeit war verschwunden, als Stacy, Page und die Wölfe sahen, dass ihre geliebte Taiga brannte. Sie rannten über die Hügel zum Sumpf. Stacy stieg auf Basils Rücken, und Page kletterte auf Tucker. Den Rückweg legten sie viel schneller zurück als den Hinweg, trotzdem dauerte es quälend lange Stunden.

Während Stacy und die Wölfe in Richtung Feuer rasten, flohen die meisten Waldbewohner genau in die andere Richtung. So etwas hatte Stacy noch nie erlebt. Als sie und das Rudel durch den See schwammen, paddelten Bieber, Otter, Füchse und sogar ein Elch an ihnen vorbei. Über ihre Köpfe flogen Hunderte von Vögeln und entfernten sich so vom Feuer und den Qualmwolken.

Die Tiere gehorchten ihren Instinkten, sie schützten sich vor den Flammen und dem Rauch. Aber Stacys Instinkt sagte ihr, dass sie so schnell wie möglich zu den anderen Rudelmitgliedern mussten. Und Page und den Wölfen ging es genauso.

Sie würde es sich niemals verzeihen, wenn Wink und Noah etwas zustieße. Und es war ihre Entscheidung gewesen, ohne die beiden so weit wegzugehen. Im Wald war die Luft dick und voller Asche. Stacys Augen tränten, und in ihrem Hals brannte es. Aber verglichen mit ihrer Angst um Noah und Wink war das gar nichts.

Wie sollen wir zu ihnen gelangen, ohne selbst ins Feuer zu geraten? Die Flammen hatten bereits große Schneisen in den Wald geschlagen. Ascheflocken schwebten durch die brütend heiße Luft und regneten auf die ausgetrockneten Pflanzen nieder. Aus Funken konnte jederzeit ein neuer Flammenherd entstehen. Jeder Schritt war tückisch.

Plötzlich sah Stacy etwas, das wie der größte Vogel aussah, den sie sich vorstellen konnte. Begleitet von einem lauten brummenden Geräusch flog das Etwas auf das Feuer zu.

„Ein Hubschrauber!“, rief sie. Noch nie hatte sie einen in echt gesehen. Das Geräusch verwirrte sie. Irgendwie kam es ihr bekannt vor. Sie blieb stehen und starrte zum Hubschrauber hoch, das Brummen hatte sie wie hypnotisiert. Auf einmal zerrten Basil und Tucker sie hinter einen Busch. Everest baute sich vor ihr auf und blickte mit gefletschten Zähnen zu dem Hubschrauber hinauf.

„Ähm, ich denke, der hilft, das Feuer zu löschen“, beruhigte Stacy die Wölfe und trat hinter dem Busch hervor. „Ihr müsst mich nicht vor ihm beschützen, danke. Wahrscheinlich fliegt er dorthin, wo das Feuer am stärksten wütet. Hoffentlich ist das nicht bei der Höhle.“

Ein paar Fledermäuse flatterten heran und umkreisten Pages Kopf. Das brachte Stacy auf eine Idee. „Page, können die Fledermäuse uns zur Höhle führen?“, fragte sie. „Auf dem sichersten Weg?“

Die Hündin verhandelte mit den Fledermäusen, dann bellte sie kurz, was beinahe wie ja klang.

„Sucht Wink und Noah“, rief Stacy.

Die Fledermäuse hatten natürlich keine Macht über

den Wind, aber es gelang ihnen, das Rudel so durch den Wald zu leiten, dass sie an den schlimmsten Brandherden nicht vorbeikamen. Manche Stellen im Wald waren schon so stark verkohlt, dass dort nichts mehr brennen konnte.

Diese Gebiete bereiteten ihnen ganz besondere Schwierigkeiten. Dort wimmelte es nämlich von Menschen – Menschen in Anzügen, die sie vor den Flammen schützten, Menschen, die nicht verstehen würden, warum ein Mädchen genau auf das Feuer zurannte, und das auch noch mit einem Rudel Wölfe, einem kleinen Hund und einigen Fledermäusen im Schlepptau.

Zum Glück hatte Stacy noch nie einen Waldbrand miterlebt. Aber sie hatte darüber gelesen. Trotzdem war sie erschrocken, wie viele Menschen auf einmal aufgetaucht waren, um gegen das Feuer zu kämpfen. Sie war dankbar dafür, natürlich, aber wegen ihrer Anwesenheit war es beinahe unmöglich, unbemerkt durch den Wald zu laufen. Sie mussten einen Zeltplatz umgehen, auf dem eine große Gruppe Feuerwehrleute stand, und Frauen und Männer, die sie mit Wasser versorgten. Auf einem Picknicktisch lagen Radios, Funkgeräte und Handys. Ein paar Leute mit rußverschmierten Gesichtern hatten sich um eine Karte versammelt und besprachen sich. Die Karte war stellenweise mit Leuchtstift markiert, dort tobte das Feuer wohl am schlimmsten.

Stacy hätte zu gern einen näheren Blick auf die Karte geworfen, um zu sehen, ob ihre Lichtung und die Höhle in sicherem Gebiet lagen, aber leider ging das nicht. Es hätte viel zu viele Fragen gegeben.

Addison hatte denselben Gedanken. Stacy konnte gerade noch verhindern, dass die Wölfin auf den Zeltplatz und zu der Karte lief.

„Nein, Addi“, flüsterte sie. „Das ist zu gefährlich. Außerdem sind Wink und Noah schlau.“ Addison warf ihr einen Blick zu. „Also Noah zumindest. Er wird einen Weg gefunden haben, um Wink und sich zu schützen.“

Stacy und die Wölfe kauerten im Dickicht am Rand des Zeltplatzes, um nicht bemerkt zu werden, und überlegten, wie sie am besten zu ihrer Höhle gelangten. Dort mussten sie als Allererstes nach Wink und Noah suchen. Wenn sie zur Flucht gezwungen worden waren, dann hatten sie auf der Karte in der Höhle mit Sicherheit ein Zeichen hinterlassen, wo das Rudel sie finden konnte.

Die Feuerwehrleute waren so nah, dass Stacy ihr Gespräch belauschen konnte.

„Hier ist das Brandzentrum“, sagte gerade ein Mann und deutete auf eine Stelle auf der Karte.

„Achtlose Camper?“, fragte einer.

Der erste schüttelte den Kopf. „Glaube ich nicht. Aber wir haben Ausrüstungsgegenstände für Landvermessungen gefunden. Der Wald ist so trocken, dass schon ein kleiner Funke der Auslöser gewesen sein kann.“

Gerade wollte Stacy sich davonschleichen, da hörte sie etwas und blieb wie angewurzelt stehen. Es war die Stimme einer Frau. Miriam.

„Könnte es Brandstiftung gewesen sein? Von den Befürwortern?“

Die Miene des Mannes versteinerte. „Das ist eine ernste Anschuldigung“, rief er über den Lärm hinweg, der über den Platz und durch den Wald hallte. „Aber ich würde es ihnen zutrauen. Für einen Wald, der niedergebrannt ist, kämpfen die Leute nicht so sehr wie für einen voller Leben. Leichter zu bebauen ist das Gebiet nach dem Feuer allemal.“

Stacy war so wütend, dass sie fast zu den Feuerwehrleuten gestürmt wäre, um zu erfahren, was sie gegen die Baufirma unternehmen wollten. Everest zwickte sie in die Knöchel und sah sie aus seinen grauen Augen ernst an. Er erinnerte sie daran, dass sie in ihrem Versteck bleiben musste.

„In Ordnung", flüsterte sie Page und den Wölfen zu. „Duckt euch und folgt mir. Wir müssen zur Höhle."

Stacy und die Wölfe drückten sich tief auf den Boden und wichen langsam vom Zeltplatz zurück.

„Ein Wolf!", hörte sie plötzlich jemanden rufen. „Wölfe! Sie rennen AUF DAS FEUER ZU!"

Stacy und die anderen sprinteten los, aber Stacy hörte die Menschen trotzdem noch über sie sprechen.

„Die sahen aus wie Polarwölfe", sagte eine andere Stimme.

„Du spinnst wohl, Mack", sagte die erste Stimme lachend. „Du hast wohl zu viel Rauch eingeatmet."

Eine halbe Stunde später näherte sich das Rudel der Höhle. Schweiß lief über Stacys Gesicht, und ihre Hände waren vom geduckten Kriechen ganz aufgeschürft. Die Strecke, für die sie normalerweise nur Minuten brauchten, dauerte jetzt ewig. Das Feuer brannte südlich von ihnen und auch im Westen entlang des Flusses. Für Stacy sah es so aus, als wäre es noch nicht bei der Höhle und dem Patrouillenfelsen angekommen. Sie konnte es immer noch nicht fassen, wie viele Menschen in den

Wald gekommen waren, um das Feuer zu bekämpfen. Außerdem war sie sich sicher, dass das Rudel mehrmals gesehen worden war. Aber im Moment konnte sie nichts dagegen tun, und es brachte auch nichts, darüber nachzugrübeln. Menschen, die sie sahen, würden ihr vermutlich aus dem Weg gehen – wer wollte sich schon mit vier Wölfen anlegen?

Sie kamen in ein Waldstück, das komplett verbrannt war. Statt Bäumen und Pflanzen war überall nur noch verkohlte Erde. Der Anblick brach Stacy das Herz. Rauch stieg auf, der Himmel hatte sich verdunkelt. Unmöglich zu sagen, ob ein Sturm aufzog oder ob der dichte Qualm schuld war.

„Basil, wenn mich jemand sieht, dann sieht er mich eben", sagte Stacy. „Wir müssen uns beeilen."

Die Wölfin verstand. Sie ließ Stacy aufsteigen und trug sie den Rest des Weges zur Höhle.

Sie betraten die Lichtung. Stacy machte einen Schritt über einen frisch gezogenen Graben, der mit Wasser gefüllt war.

„Das muss Noah gewesen sein", sagte sie. „Sehr schlau."

Wink warf sie beinahe um vor Freude und Erleichterung. Noah kam zum Eingang und bat Stacy und die anderen hinein. Auf den Anblick, der sich ihr bot, war Stacy nicht vorbereitet.

Dort, in der Höhle, hatten sich alle Tiere versammelt, die nicht schnell genug laufen konnten, um vor dem Feuer zu fliehen. Wink und Noah mussten sie in die Höhle gebracht haben. Da war das Reh mit den zwei Kitzen, ein Fuchs, eine Kaninchenfamilie, Eichhörnchen und Waschbären und ein Baummarder. Sogar einen Luchs, der ganz hinten in der Höhle auf und ab ging, konnte Stacy entdecken. Sie hatte erst ein einziges Mal einen Luchs in der Taiga gesehen.

„Ihr seid hier alle in Sicherheit", sagte Stacy besonders an die kleinen Tiere gewandt. Fluff beäugte den Fuchs und den Luchs nervös. „Ihr könnt hierbleiben, bis das Feuer gelöscht ist."

Stacy war unendlich froh, dass es Wink und Noah gut ging. Sie drehte sich zu ihnen um und umarmte sie. Dann fiel sie erschöpft und hungrig auf die Knie. Noah brachte ihr einen Eimer mit Wasser. Wink rollte stolz ein neues Glas Erdnussbutter zu ihr. Sie bedankte sich knapp und stürzte sich dann gierig auf beides.

Schnell schlang sie alles hinunter und begann dann

mit Tucker, die versammelten Tiere auf Verletzungen zu untersuchen. Auf einmal schwirrten die Fledermäuse wieder um Page herum.

Die Hündin rannte zur Karte und deutete mit der Nase auf den Felsen oberhalb der Höhle. Dorthin, wo Stacy Page das erste Mal begegnet war – von Wölfen umzingelt.

„Die wilden Wölfe?“, fragte Stacy.

Page jaulte.

„Das Feuer muss sich dem Patrouillenfelsen genähert haben“, sagte Stacy zu den anderen. „Das wilde Rudel ist in Gefahr. Feuerwehrleute können da nicht hoch. Wir müssen sie warnen, bevor sich das Feuer bis zu ihrer Höhle ausbreitet.“

Everest sträubte sein Fell, und die anderen starrten Stacy an, als wollten sie sagen, das Risiko sei es nicht wert.

Stimmt das? Die wilden Wölfe haben uns in alle möglichen Schwierigkeiten gebracht. Möchte ich wirklich das Leben meines Rudels riskieren, um sie zu retten?

Natürlich war es genau das, was sie tun wollte. Etwas anderes blieb ihr gar nicht übrig, und sie wusste, dass ihr Rudel es schaffen konnte.

„Wir müssen es wenigstens versuchen“, sagte sie und sah jedem in die Augen. „Basil, Wink, Everest, ihr seid die Schnellsten. Addison, Tucker, Noah, bleibt bei Page und passt auf die Tiere auf. Es müssen vielleicht noch mehr in der Höhle in Sicherheit gebracht werden.“

„Okay, wir vier also“, sagte Stacy zu Everest, Wink und Basil und hängte sich ihren Beutel um. „Gehen wir.“

KAPITEL 20

Ein großer Teil des Gestrüpps, das auf dem Pfad wuchs, der sich von der Höhle den Patrouillenfelsen hinaufschlängelte, war verbrannt. Das erleichterte das Klettern, aber in der Luft lag dafür schwerer dichter Rauch. Stacys Hals hatte schon vorher geschmerzt, aber jetzt fühlte er sich wie von innen aufgerissen an. Der Aufstieg war steil und ging nur langsam voran, aber schließlich hatten sie es geschafft. Wink wich die ganze Zeit nicht von Stacys Seite. Basil ging voran und Everest hinter ihr, damit sie nicht stürzte.

Als sie oben ankam, erkannte Stacy, warum die

anderen Wölfe in Schwierigkeiten waren. Das Feuer kroch nicht nur hinter ihnen die Felswand hoch, es tobte auch im Eichenwald auf der anderen Seite der Schlucht und kam schnell näher.

Obwohl sie kaum durch den dichten Qualm sehen konnten, eilten sie weiter Richtung Höhle des wilden Rudels. Kaum waren sie dort angekommen, sprang das Feuer über die Schlucht. Es toste und tobte ohrenbetäubend.

Stacy sah ein paar jüngere Wölfe, die nervös auf und ab liefen. Sie wollten eindeutig fliehen, aber Dusky und die anderen verharrten still.

Das Feuer war jetzt sehr nah. Nirgends war es jetzt mehr sicher. Glühende Ascheflocken streiften an Stacys Gesicht vorbei. Das Feuer würde jeden Augenblick bei ihnen sein.

„Überzeuge sie zu fliehen, Everest!“, rief Stacy. „Versuch sie zu überzeugen.“

Der große Leitwolf rannte zu Dusky. Sie unterhielten sich einige Sekunden in Wolfssprache, dann rannte er zu Stacy zurück. Dusky bewegte sich nicht, sie weigerte sich zu gehen.

„Hier ist es nicht sicher!“, rief Stacy. Sie wusste, dass

die wilden Wölfe sie nicht verstanden, aber vielleicht spürten sie die Verzweiflung in ihrer Stimme. „Kommt mit uns! In unserer Höhle sind wir alle vor dem Feuer geschützt."

Stacy wartete, dass Dusky die richtige Entscheidung traf, aber sie stand weiter einfach nur da. Als die Flammen über den Baumwipfeln aufloderten, geriet Duskys Rudel in Panik. Einige flohen, aber die meisten blieben, wo sie waren. Manche sahen so aus, als wollten sie mit Stacy und Everest mitgehen, aber gleichzeitig wollten sie auch ihrem Alpha-Tier gehorchen.

Basil und Wink traten vor und sagten etwas zu den fremden Wölfen, das Stacy nicht verstand.

Die Wölfe schienen unentschlossen zu sein.

„In unserer Höhle ist es sicher", wiederholte Stacy. „Wir haben auch anderen Tieren Zuflucht und Schutz angeboten. Ihr müsst versprechen, sie nicht anzugreifen, solange ihr bei uns seid. Das Feuer kann jede Sekunde hier sein, dann verbrennen wir alle. Ihr müsst euch jetzt entscheiden."

Doch die Entscheidung wurde ihnen abgenommen. Eine einstmals mächtige große Eiche brach auf einmal in zwei Hälften und stürzte um. Flammen züngelten an den Ästen. Die Eiche krachte mitten in das wilde Rudel und begrub mehrere Wölfe unter sich. Stacy schrie. Sie hatte keine Ahnung, wie viele Wölfe direkt vor ihren Augen getötet worden waren. Wölfe sterben. Ich muss meine Wölfe wegbringen.

„Kommt jetzt!“, flehte sie Dusky an.

Die Wölfin sah über ihre Schulter. Drei aus dem Rudel rannten weg – nicht zu Stacy und Everest, sondern in die Schlucht zu den Minen.

Da sah Stacy sie. Zwei Wolfsjunge, die sich neben dem umgestürzten Baum aneinanderdrückten.

Die Flammen tanzten näher und näher heran. Egal, was Dusky tun würde, Stacy und ihre Wölfe mussten verschwinden. Wenn sie blieben, würden sie sterben. Stacy rannte zu den Welpen und nahm in jeden Arm einen, dann lief sie zu dem Pfad, der sich um den Berg wand. Kurz sah sie sich um. Dusky stand allein vor ihrer Höhle. Die Flammen leuchteten hell. Am Hinterbein der Wölfin glänzte es dunkelrot … Blut. Dusky belastete das Hinterbein nicht. Sie war angeschossen worden! „Sie kann nicht laufen!“, rief Stacy ihren Wölfen zu. Aber für Hilfe war es nun zu spät. Die Flammen hüllten die Höhle und Dusky ein. Oh, Dusky. Du Ärmste.

Es blieb keine Zeit, um Dusky und die anderen zu trauern. Schnell stiegen sie den Trampelpfad zu ihrer Höhle hinunter.

„Alles wird gut", flüsterte Stacy den Wolfsjungen zu. Sturmwolken zogen auf. „Wir kümmern uns um euch."

Sie erreichten die Lichtung unterhalb des Patrouillenfelsens, als die ersten Regentropfen fielen und es zu donnern begann. Es war ein starker, gleichmäßiger Regen, der das Feuer löschte und die Erde tränkte.

„Das Feuer kann sich jetzt nicht mehr weiter ausbreiten", rief Stacy. „Wir sind gerettet."

Plötzlich blitzte es grell, und ein gewaltiger Donner ertönte. Stacy duckte sich tief zum Boden und hielt die Welpen fest an sich gedrückt. Sie roch verbranntes Fell.

„Basil! Nein!" Sie rappelte sich auf und starrte Basil durch den strömenden Regen an. Die Wölfin versuchte aufzustehen. Über ihre linke Körperhälfte verlief ein blutiger Streifen – sie war vom Blitz getroffen worden!

Stacy rannte zu ihr. Wink und Everest waren bereits bei ihr und stützten sie. Die Wölfin war benommen, aber am Leben. Sie machte ein paar wacklige Schritte und sank dann in sich zusammen. Everest fing sie auf, und Wink schob sie auf seinen Rücken. Plötz-

lich tauchte der Hubschrauber wieder auf. Er ließ etwas Rotes über einem nicht verbrannten Gebiet herunterregnen. Everest stand beschützend neben Stacy. Basil lag bewegungslos auf seinem Rücken.

„Los jetzt!“, rief Stacy über das merkwürdig vertraute Brummen des Hubschraubers hinweg. Dann rannten Stacy und ihre Wölfe zurück zu ihrer Höhle.

In der Höhle war es seltsam still, obwohl sich so viele Tiere auf der kleinen Fläche zusammendrängten. Alle warteten auf das Ende des Feuers. Tucker schleckte die Wolfsjungen ab, als wäre er ihre Mutter. Noah war vollauf damit beschäftigt, ihre Gäste mit Wasser zu versorgen. Page saß am Höhleneingang, für den Fall, dass die Fledermäuse mit Neuigkeiten heranflattern würden. Stacy ging zu Everest, der über Basil wachte. Wink lag neben ihr. Sie war auf dem letzten Wegstück zur Höhle ohnmächtig geworden, wahrscheinlich wegen der Schmerzen, und war noch nicht wieder aufgewacht.

„Wie geht es ihr?“, fragte Stacy Everest. Sein trauriger Blick verriet ihr, dass Basils Zustand nicht gut war. Stacy untersuchte die gezackte Wunde, die der Blitz verursacht hatte. „Wenn Noah alle mit Wasser versorgt hat, soll er das Blut hier abwaschen. Wir müssen die Wunde sauber halten. Eine Entzündung könnte sie umbringen, falls sie nicht schon innere Blutungen hat."

Dann ging sie zum Höhleneingang. Sie war stolz, dass sie sich vor Everest und Wink so gut zusammengerissen hatte. Aber in ihrem Inneren war sie alles andere als ruhig. Basil darf nicht sterben. Sie muss nur die Nacht überstehen. Wenn sie das schafft, dann überlebt sie.

Es regnete immer noch, als die Nacht hereinbrach. So viel Stacy vom Höhleneingang aus sehen konnte, war das Feuer gelöscht. Plötzlich hörte sie eine gedämpfte Stimme zwischen den Bäumen am Rand der Lichtung.

„Komm besser rein, Page", sagte Stacy. Während sie die Hündin nach drinnen scheuchte, sah sie Addison aus dem Gebüsch kommen, wo eben noch die Stimme zu hören gewesen war.

„Addi!", raunte Stacy leise. „Was machst du da? Komm her!"

Addison kam näher, und Stacy sah, dass sie etwas im Maul trug. Die gedämpfte Stimme erklang wieder. Sie kommt von … Addison.

„Du hast ein Funkgerät gestohlen?" Stacy nahm der Wölfin das Gerät aus dem Maul. „Du bist ein Genie, Addison!"

Um die Stimmen besser verstehen zu können, drehte Stacy die Lautstärke höher und hielt das Funkgerät an ihr Ohr.

„Wir drehen noch eine Runde über dem Felsrücken, um sicherzugehen. Aber der Regen hat uns die meiste Arbeit abgenommen. Das Feuer ist jetzt unter Kontrolle. Over."

Erleichtert atmete Stacy auf. Das Feuer war noch nicht vollständig gelöscht, aber es breitete sich nicht mehr weiter aus, diese Gefahr war gebannt. Eins nach dem anderen verließen die Tiere die Höhle und bedankten sich mit gesenktem Kopf bei Stacy und den Wölfen. Bald schon war die Höhle leer.

Tucker wich nicht von Basils Seite, und Stacy wusste, dass er heute Nacht nicht schlafen würde. Everest hielt am Höhleneingang Wache, während Stacy sich mit den anderen Wölfen zum Schlafen hinlegte. Ihren Kopf ließ sie auf Winks Rücken ruhen. Die Wolfsjungen kuschelten sich an ihren Bauch. Page rollte sich zu ihren Füßen zusammen. Zwischen Addison und Noah geschmiegt, schloss Stacy die Augen. Aber sie konnte nicht einschlafen. Der Frieden, den sie normalerweise in ihrem Schlafnest empfand, wollte sich nicht einstellen.

Hat wirklich jemand das Feuer mit Absicht gelegt? Wird die Taiga in einen Golfplatz verwandelt? Wird die Wolfsprämie aufgehoben, jetzt da Duskys Rudel im Feuer umgekommen ist? Wie viele Feuerwehrleute haben mich gesehen? Wie viele haben meine Wölfe gesehen? Werden sie nach uns suchen? Und warum bringt mich der Hubschrauber so durcheinander?

Das Geräusch des Hubschraubers war Stacy so vertraut vorgekommen, aber sie bekam die schwache Erinnerung nicht zu fassen. So wie heute verband sie das Brummen mit dem Geruch nach Feuer … und … ihren Eltern.

Eine Erinnerung? Ich glaube, es hat etwas mit dem Wald der Ewigen Finsternis zu tun, dem Gebiet, in das die Wölfe mich nicht gehen lassen wollen … irgendwohin weiter entfernt als der Punkt, an welchem wir dem Elch begegnet sind.

Zu viele Fragen kreisten durch ihren Kopf, die so wie der Gedanke an den Hubschrauber keinen Sinn ergaben. Trotz der Unsicherheit, die Stacy verspürte, wusste sie eines mit absoluter Gewissheit. Sie war entschlossener als jemals zuvor, ihre Wölfe zu beschützen, für die Taiga zu kämpfen und Antworten auf ihre Fragen zu finden, auch wenn sie dann wieder mit Menschen sprechen musste. Stacy starrte an die Höhlendecke. Ihre neue Mission beruhigte sie. Ein Wolfsjunges gähnte und drehte sich um.

Die Dinge um uns herum werden sich verändern, das ist unvermeidbar. Aber sie müssen bis morgen damit warten.

AUSFLUG IN DIE TAIGA!

Die Taiga wird auch borealer Nadelwald genannt und ist damit ein Wald, der nur sehr weit nördlich, also in kühlem Klima vorkommt. Nach den Ozeanen ist die Taiga die größte zusammenhängende Landschaftseinheit und wird von Biologen auch Biom genannt. Sie befindet sich zum größten Teil in Kanada und Russland, aber es gibt auch ein kleines Gebiet in den Vereinigten Staaten von Amerika, in Minnesota im Superior National Forest.

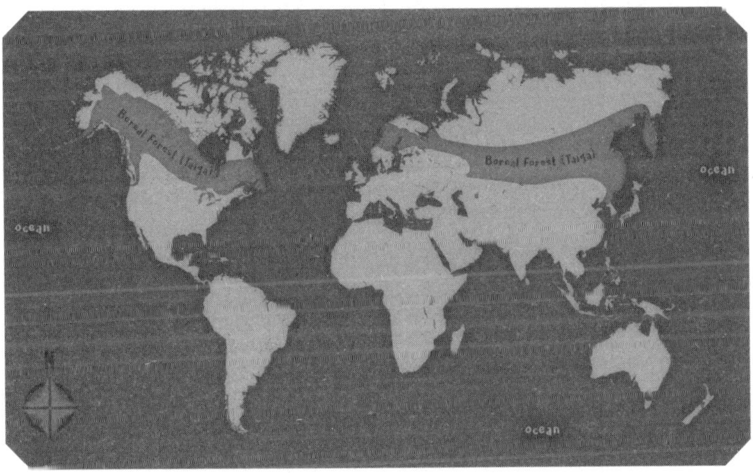

Dorthin reiste Stacy Plays für die ersten drei Episoden ihrer YouTube-Serie Minecraft Field Trips und fand dort die Inspiration für den ersten Band ihrer Wild-Rescuers-Serie.

Sie flog mit einem Hubschrauber über den Wald, lernte im International Wolf Center in Ely ein echtes Wolfsrudel kennen und besuchte die Soudan Eisenminen. Ganz aus der Nähe sah sie so echte Dinge aus Minecraft und berührte Pilze, Eisenerz und Grauerde. Du kannst ihren Abenteuern auf YouTube folgen: www.YouTube.com/StacyPlays.

Die Autorin im Hubschrauber, während sie für ihre Minecraft-Field-Trips-Serie dreht.

LERNE DIE ECHTE PAGE KENNEN!

Stacy hat Page 2007 aus einem Golden-Retriever-Tierheim in Virginia zu sich genommen. Als ihr Name war in den tierärztlichen Unterlagen „Page“ angegeben. Stacy gefiel das, und sie entschied, den Namen beizubehalten, denn sie war schon immer der Meinung, dass Page mehr Ähnlichkeit mit einem Fuchs als mit einem Hund hatte. Page ist sehr schlau und beherrscht über ein Dutzend Tricks und Kommandos, sodass Stacy oft Scherze darüber macht, dass Page vollständig gesprochene Sätze verstehen kann.

Rasse: Unbekannt, sie sieht allerdings aus wie eine Mischung aus Zwergspitz und Schäferhund
Alter: Unbekannt (vermutlich 12 Jahre alt)
Rettungstag: 28. April 2007
Lieblingsbeschäftigung: Durch einen Wald laufen oder rennen
Lieblingsessen: Lachs, Spargel (wirklich!) und Käse
Besonderheit: Page war schon über siebzehn Mal mit Stacy in einem Flugzeug.

LERNE EINE ECHTE WOLF-FORSCHERIN KENNEN!

Die Wölfe in *Wild Rescuers: Wächter des Waldes* sind frei erfunden, aber als Stacy in Ely für das Buch recherchierte, durfte sie Saranda Oestreicher befragen, die viel Erfahrung mit echten Wölfen in der Wildnis hat.

Saranda legt einem Wolf ein Halsband an. Die Maske schützt dabei seine Augen.

Name:
Saranda Oestreicher

Aktueller Job/früherer Job:
Aktuell arbeite ich als Fachangestellte für Fisch und Wildtiere für die 1854 Treaty Authority. Davor habe ich im International Wolf Center gearbeitet.

Warum liebst du Wölfe?
Seit ich ein Kind war, empfinde ich eine starke Verbindung zu Wölfen. Ich habe sie schon immer bewundert und wusste schon früh, dass ich mich beruflich mit ihnen beschäftigen möchte. Wölfe sind anpassungsfähig, robust und ihrem Rudel treu ergeben. Meine Neugier und mein Wissensdurst, mehr über sie zu erfahren, versiegt nie.

Was genau tust du?
Die meiste Zeit verbringe ich damit, Wölfen in Minnesota Halsbänder mit Peilsendern anzulegen. Ich beschäftige mich außerdem mit

Elchen, Tauchvögeln, verschiedenen Raubtieren und unterschiedlichen Fischarten.

Mit welchen Wölfen arbeitest du?
Mit Grauwölfen, besonders mit ihrer Unterart, den Great-Plains-Wölfen.

Was ist die größte Bedrohung für den Wolf?
Der Mensch. Die Bedrohung reicht von der Begrenzung des Lebensraums bis zu Wolfstötungen. Es gibt heute immer noch viele Missverständnisse, Mythen und Legenden über Wölfe, die Auswirkungen auf sie haben.

Was war für dich die tollste Begegnung mit einem wilden Tier?
Als ich meinen ersten Wolfsjungen Halsbänder umgelegt habe! Es gab schon ein erwachsenes Männchen mit Halsband im Rudel, aber wir wussten nicht, ob er das Männchen ist, das sich fortpflanzen darf. Wir wussten also nicht, ob wir überhaupt die Höhle finden würden, wenn wir ihm folgen. Dann kamen wir zu

einer Wiese wie aus dem Bilderbuch. Während wir uns nach einer Höhle umsahen, entdeckten wir plötzlich sieben Welpen, die auf einem Haufen unter einem Baum schliefen. Aus Versehen haben wir sie aufgeweckt, und alle wuselten zurück in die Höhle. Ich hatte vorher noch nie wilde Wolfsjunge gesehen und habe an diesem Tag den ganzen Wurf markiert. Ein oder zwei Monate später war ich draußen unterwegs, um ihr Signal zu orten. Und dann rannten sie direkt vor mir über den Weg. Es war so ein tolles Gefühl, sie wiederzusehen.

Welche Tiere hast du in der Wildnis noch gesehen?
Ich habe schon viele wilde Tiere bei der Arbeit oder privat beim Wandern oder Zelten gesehen. So konnte ich in Wyoming beispielsweise Kitze von Maultierhirschen beobachten. Als Studentin bin ich mit dem Rucksack durch Europa gereist und habe einige europäische Wildtiere gesehen, beispielsweise: Grizzly Bären, Schwarzbären, Wapitis, Gabelantilopen, Elche, Steinadler, Wanderfalken, Weißkopfseeadler, Weißwedelhirsche, Rotwild in Europa, Sibirische Rehe und Rotluchse.

Welchen Tipp kannst du anderen geben, die machen wollen, was du machst?

Lernen. Spaß haben am Lernen. Freiwilligenhilfe, zur Schule gehen, so viel wie möglich ehrenamtlich arbeiten, Erfahrungen sammeln und dann zur Uni gehen. Auch wenn man sich mit einem ganz bestimmten Bereich beschäftigen möchte, sollte man Erfahrungen in allen Bereichen haben. Diese machen einen selbst vielseitiger und anpassungsfähiger. Das Wichtigste ist: neugierig bleiben und leidenschaftlich sein. Finde heraus, wofür dein Herz brennt und lasse dich nie davon abbringen, auf dieses Ziel hinzuarbeiten. Sei fleißig, klug und gewissenhaft. Verbinde deine Leidenschaft mit deinem Verstand, dann bist du nicht aufzuhalten.

DANKSAGUNG

Danke an meinen Dad, der mein größter Unterstützer ist und mir auf mehr Arten hilft, als ich je eingestehen kann. Ohne dich wäre ich verloren. Danke an meine Mom, dass du mir vorgelesen und meinen Kopf mit großen Wörtern gefüllt hast, für Farbspaziergänge, Mothra-Pfannkuchen, die Harry-Potter-Bücher und dafür, dass ich immer einen Büchereiausweis hatte – auch in den Jahren, als ich nur Archie-Double-Zeitschriften las.

Danke an meine Lektorin, Sara Sargent. Du bist die Beste. Danke, dass du so geduldig mit mir warst und dieses Buch zum Leben erweckt hast. Ich bin so glücklich, mit dir zu arbeiten. Danke Colleen O'Connell, dass du mich in die HarperCollins-Familie eingeführt hast. Margot Wood, danke, dass du so eine fantastische Freundin und Vertraute bist und für deine Marketingkenntnisse.

An den Rest des HarperCollins-Teams – ein großes Dankeschön an Meaghan Finnerty, Olivia Russo, Nellie

Kurtzmann, Kerry Moynagh und Kathy Faber. Andrea Pappenheimer für deinen ansteckenden Enthusiasmus und dein Vertrauen in mich. Und, natürlich, einen besonderen Dank an Kate Jackson und Suzanne Murphy.

Danke auch an Laurie Calkhoven und Jacqueline Hornberger für eure Unterstützung während meiner ersten Erfahrung mit dem Manuskripteinreichen. Vivienne To für das wunderschöne Lebendigwerdenlassen meiner Figuren. Und Alison Klaphtor und Jessie Gang für ihre makellose Ästhetik. Ich habe mich in euren Händen so sicher gefühlt.

Für meine Minecraft-Familie: Joey, Lizzie, Stampy, Sqaishey, AmyLee, Aureylian, Graser, Meghan, Jaspanda, PDawg, Nathan (und seine Mom!). Für meine Freunde Tiffany und Mario für ihre guten Ratschläge und ihre Freundschaft. Für meine YouTube-Managerin, Meg Campbell, danke für alles.

Für Lydia Winters, Vu Bui und alle von Mojang und Microsoft, die, ohne zu ermüden, an dem Spiel arbeiten, das die letzten fünf Jahre mein Leben bestimmt und meine Leidenschaft für verpixelte Wölfe befeuert hat. Saranda Oestreicher für das Beantworten meiner albernen Fragen zu echten Wölfen, damit es in diesem Buch wenigstens etwas Ähnlichkeit mit der Wirklichkeit gibt. Und Andy Rosenberg, danke für deine Freundschaft und dafür, dass ich nicht verrückt werde.

Und zuletzt, Danke an meine YouTube-Zuschauer. Ihr habt das alles erst möglich gemacht. Ich hoffe, euch gefällt dieses neue Kapitel in der Welt von Dogcraft. Page und Molly, ich liebe euch. Geht und rettet einen Hund!